XIANGZHE SHENGMING DE BI'AN

向着生命的彼岸

李明媚 著

漓江出版社

·桂林·

图书在版编目(CIP)数据

向着生命的彼岸 / 李明媚著. --桂林：漓江出版社，2021.6（2022.6重印）
ISBN 978-7-5407-8817-9

Ⅰ. ①向… Ⅱ. ①李… Ⅲ. ①报告文学集—中国—当代 Ⅳ. ①I251

中国版本图书馆CIP数据核字(2019)第280935号

XIANGZHE SHENGMING DE BI'AN
向着生命的彼岸

著　　者　李明媚

出 版 人　刘迪才
责任编辑　黄　圆
助理编辑　宁梦耘
装帧设计　刘瑞锋
责任监印　张　璐

出版发行　漓江出版社有限公司
社　　址　广西桂林市南环路22号
邮　　编　541002
发行电话　0771-5825315　0773-2583322
传　　真　0771-5825315　0773-2582200
邮购热线　0771-5825315
电子信箱　ljcbs@163.com
微信公众号　lijiangpress

印　　制　河北浩润印刷有限公司
开　　本　787 mm × 1092 mm　1/16
印　　张　12.5
字　　数　171千字
版　　次　2021年6月第1版
印　　次　2022年6月第2次印刷
书　　号　ISBN 978-7-5407-8817-9
定　　价　48.00元

序

应该是10年前的夏天，那是一个工作日，时间是下午，南宁市第四人民医院（以下简称四医院）院长吴锋耀让我到他们医院给部分医务人员上课——其实就是聊聊天。具体都聊了一些什么，我早就已经忘了。我只记得，上课之前他带我在医院的空地上，四下走了走，他一边走一边悄悄地跟我说了一些有关医院文化建设的想法。

他的思路很清晰，但他的声音压得很低，显然还不想让太多的人听到，因为前前后后不时地有人来来往往。

那时，他刚到四医院当家没有多久。

当时的四医院就是现在的这个四医院，但又不是现在的这个四医院。南宁的市级医院一共十几家，四医院在那个时候的排名是相当靠后的。然而，在吴锋耀的眼里，这个排名靠后的四医院并非一个烂摊子，而是一座宝藏丰富的矿山，只是没有得到好好开发而已。要开发这座富矿，他需要新开一口矿井，让这口井的新风把整个矿山激活起来。

这口井，其实就是代表一种精神。这种精神是典型，是榜样。

一旦找到了这种精神，也就找到了激活的方向。

可是，一个排名靠后的医院，精神在何处？发现这种精神需要眼光，更需要魄力。因为精神不能离开人，精神就依附在人的身上，而且是依附在普通人的身上，只有普通人身上的力量才能散发出令人亲近和向往的力量，才能激活人心深处的激情，才能焕发出新的活力。

很快，他就发现了杜丽群这个普通得不能再普通的护士长。就是这个普普通通的护士长，如今已经从四医院红向全国，成为一面国宝级的旗帜，她获得的荣誉——“新中国最美奋斗者”称号，就是最好的证明。如果说，这面旗帜的颜色，是杜丽群自己用汗水一天一天默默染上的，那么托举这面旗帜的，就是吴锋耀和整个四医院的医务人员。

四医院的面貌，由此焕然一新。

但四医院并没有停留于此。

再后来，他又发现了邓建宁。

我得说，我最早答应给这本书写序，就是被邓建宁感动的，当时他还没有获得“白求恩式好医生”这个称号。如果说，杜丽群护士长的事迹感人，那是她将心比心，把病人当作和自己同等的人来看待。而邓建宁，这个外科医生，则是用自己的生命来挺起自己的病人。

在传染病医院外科医生每天的工作中，最令人担心的就是职业暴露。所谓职业暴露，就是在手术时意外沾染HIV（艾滋病病毒）感染者的体液。作为治疗艾滋病患者的外科医生，在给病人动手术时，要用到各种刀、针、剪、钻等锐利的器具，再小心，有时候也会意外受伤。而这样的情况，就曾发生在邓建宁的身上。

他在一次长时间的手术过程中，手被意外划伤了！

谁能想象，被划伤后他的心理压力到底有多大呢？

首先，最大的担心是会不会就此感染上艾滋病。其次，是如何在预防用药的6个月内不让家人担惊受怕。想想，他的家人在这期间是什么感受！再者就是承受预防用药的副作用，如恶心、呕吐、头晕、乏力等，都得自己扛着。

可是，我们的邓建宁医生全都给扛过来了！

这些年，四医院的艾滋病外科诊治了7000多名艾滋病患者。作为外科主任的邓建宁，成功实施或参与手术2000多例，经他亲自治疗的艾滋病病人已达5000多人。

当然，这并不是他一个人在战斗，在他的身后，是一个优秀的团队。而且，这样的优秀团队，在四医院，还不止他们一个。一个单位，就像一个花园，开一两朵花并不难，难的是满园花开。如今的四医院，其实还是原来的那个四医院，但他们在南宁市级医院的排名，已经从原来的靠后走到了前列，而且在2019年还获得了全国“人文爱心医院”的称号。作为这家医院的领头人，吴锋耀也获得了“白求恩式好医生”这个由白求恩精神研究会和中国医师协会共同颁发的大奖。

前不久，我又随着吴锋耀在医院四下里走了走，这一次他说话的声音没有以前那么低了。他的手在不停地指点着前后左右，他说，这里要搞个停车场，让更多的病人来看病时方便停车，那里要把那栋老楼给拆了，然后建一座更方便患者就医的业务大楼。他还希望四医院能培养出更多更好的医学人才。

我想，他一定能做到的。

他们的四医院，一定能做到！

鬼子

2019年11月3日

目录

引子

最是医者有仁心，春蚕吐丝驱冬寒。初识南宁市第四人民医院，是在七年前的一个冬日，笔者参加了书写四医院“抗艾”一线护士长杜丽群事迹的《绝地阳光》新书发布会。看了《绝地阳光》这本书后，笔者知道了四医院是广西规模较大的传染病专科医院，是广西救治艾滋病患者的主力军；同时，被战斗在“抗艾”一线的杜丽群护士长的事迹深深感动，由此，对四医院有了一个总体印象。

时隔七年后，2019年4月的一天，笔者因探望一位在四医院普通外科住院的朋友来到了这个地方。走进四医院，即感受到优美舒适的环境：喷泉、绿树、休闲吧……医院门口的大幅宣传栏上，艾滋病外科主任邓建宁医生的简介引起了笔者的注意：他以精湛的医术和高尚的医德，照亮了5000多名艾滋病患者的健康之路，他主刀参与了2000多例艾滋病患者的手术。他被誉为“为生命站岗的‘刀尖勇士’”，获得了2018年中国医师协会颁发的“白求恩式好医生”称号。

笔者这才知道，针对艾滋病患者的救治还有专门的外科。而邓建宁作为“白求恩式好医生”，在与艾滋病近身对战的过程中，背后一定有鲜为人知的故事。在这个没有硝烟的战场上，他与他的团队是如何冒着职业暴露和生命危险与艾滋病展开殊死搏斗的，艾滋病患者的生存状况如何，艾滋病对人类的危害能否被扼制，艾滋病的起因及其预防方法是怎样的，社会大众能为防控艾滋病做些什么……这些问题都引起了笔者极大的兴趣。笔者深入医院采访医护人员和病患，旨在揭开笼罩在心头的疑团。一幅幅医患双方并肩与艾滋病搏斗的叙事画卷，由此展开——

第一辑

艾滋病直击

被侵蚀的美丽

这是2011年春天，在南宁这座绿树环绕的城市，无处不是风摇树影、花香浮动。从青秀山流下的清气穿过了丛丛枝叶，沁人心脾。黄鹂一直在紫荆花与风铃木的掩映中啼鸣不息，将人们还粘连着寒冬之末的心灵唤醒。大地一片万物苏生的情景，春天已经悄然地来到了人们的身边。

在迎着春光前行的人群中，没有人注意到一个年轻的女子。她独自来到南宁市第四人民医院。她鹅蛋形的面庞因料峭春风泛起了微红，一头秀发如瀑，清澈如水的眼睛含着柔光，白皙的手如竹笋一样柔嫩。她在医院的楼梯口向医护人员询问妇科的位置。天生丽质的她在医院这个苍白的世界里显得尤其醒目。任何一个与她擦肩而过的路人都难以想象，她已经遭遇一种至今无法根治的疾病——病毒在破坏她的肌体、吞噬她的细胞并引发多种疾病，在她身上成为美的杀手。谁也不能接受这种将美撕毁给人看的悲剧，它那样残忍，足以让人失去对美好生活的期望。然而，这位美艳的女子不幸染上了艾滋病病毒，并且已引发子宫恶性肿瘤。

现在就用“阿依”的化名来称呼她吧。阿依从医生的手里接过化验单时，姣好的脸庞掠过一丝阴郁与忧伤，但很快又被红晕所遮掩。在此之前，她已经感到身体里有一种令人不安的东西正在生长，在慢慢地消灭她的免疫细胞。她发烧，流鼻涕，皮肤起疱发炎。她开始感到恶心、头晕，严重的失眠正在驱赶她脸上原有的光泽。即使如此，她的面容依然楚楚动人。

“是万里挑一的那种美。”四医院妇产科技术主任李英伟十分惋惜地说，“这样的美人，只要见过一次就会永远记住，没有谁会不为她的遭遇而惋惜。”高中成绩优异的阿依，本应考上大学深造，毕业后在社会发挥她的才干，凭她秀外慧中的资质为自己开创一片亮丽的人生天地，然而，贫困的家境不允许她有任何奢望。

“早点去打工，早点赚钱回来给你弟读书，这才是你的正路。”阿依的父母在贫困面前低下了头、弯下了腰，把心头的压力与内疚攒成了有力的推手，将阿依过早地逼向了社会。

阿依不愿回忆在广东打工的日子，更不愿回忆自己情窦初开、偷食禁果的那段经历。他是谁，他从哪里来，现在又在何处，在阿依的记忆中全部成了恍惚的影子。然而她与他在厂房与宿舍旁边的林子中的狂热，她全身接受过的爱抚和亲吻，如今却像噩梦一样，留下沉痛的烙印。她打过胎，流过血，甚至染上了这世纪之疾。她不恨父母，也不恨那位身段健美而又不知去向的男友，她恨自己，恨过了就只想一死了之。在未检查出这个病之前她还是快乐的，几个月前做清宫手术得知自己得了这个病时，她惊恐不已。现在的她，在心里早已将自己置于死地，然而青春又紧紧拉住了她，不让她过早地离开。

“是宫颈癌。”李英伟主任把病理报告单递到阿依面前，委婉地告诉她病情，并鼓励她要坚强，要相信一切都会好起来。作为具有强烈职业责任感的妇科主任，李英伟不忍眼见这样的青春年华断送在恶疾中。作为母亲，她更不愿意看到这位秀美的年轻女子失去生育的机会。她凝视着可怜的阿依，想在手术去除病灶的同时将阿依有生育能力的子宫保留下来。

李英伟接诊过的妇女难以计数，但阿依仍然让她柔肠百结。在对阿依的手术问题上，她保持谨慎态度，征求了相关科室医生的意见，看能否保住阿依的子宫。然而所有医生的回应都是不确定的。最后，她向肿瘤医院的潘忠勉教授请教。潘教授做过无数次类似病情的手术，但在阿依的手术问题上，他陷入了艰难的抉择。他到病房看阿依的时候，阿依的脸已由健康的红润变成苍白，早春的寒冷让她打起了哆嗦。她向身着白大褂的潘教授投去无助又哀求的眼神，她自己也不知如何选择。

“这棵树要裁枝剪叶，为了一朵花的开放，将那花下的病枝裁掉吧。”潘教授向李英伟说。李英伟扼腕叹息，心怜阿依：“孩子，你忍着吧，很快就会好起来。”哪里会好起来呢？李英伟心里难过，却不忍心对眼前的姑娘说实话。

阿依，一个本该摘取春花插在头上的美丽姑娘，用她纤细而软嫩的手，在手术同意书上签上了自己的名字。

一切准备就绪，主刀医生、助手和护士各就各位，手术刀、麻药、针线、输液袋……各种器具在一张手术台上奏出无声的战歌。阿依的脸已褪去了原先的光彩，变得苍白，宛若一朵小白花。她躺在手术台上，脸上是吸氧面罩。她的手脚也被白色的约束带固定着，唯有一双纯净如碧水的眼睛在闭合之前望着天花板。此刻，她多么希望曾与之相欢相爱的男友和她年老的父母都守在身旁。然而，她身边一个亲人都没有，只有医护人员白色的身影。而这些身影，就是她当下最敬爱的亲人。

三个小时的手术非常顺利，阿依没有察觉到丝毫痛感就被推出了手术室。然而在手术完成之后，妇科主任李英伟的眼睛里却闪着泪光。

唯有她知道，自己为什么会为这位非亲非故、如花似玉的姑娘洒泪。作为一个女人，阿依从此丧失了做母亲的权利，如果她早些做宫颈癌筛查，结局可能不会是这样的。

同样让李英伟痛心的还有另一位病人，她刚刚40岁就被确诊为宫颈癌晚期，阴道大量流血，已经没有手术治疗的机会了。医生建议她去做放疗。但是因为她家里经济很困难，没有钱去放疗，只能选择做介入治疗，止血后就回家了。

李英伟每天会遇到各种情形的病人，当一台台很难做的手术忽然柳暗花明的时候，当一个个危重病人通过她的努力而病情好转的时候，当新生命到来的时候……她感到作为医生是幸福的；但当向生命作别，当美好被毁损的时候，她柔软的内心总是充满了惋惜与悲凉。

在长期的医疗工作中，李英伟积累了丰富的经验。她说，感染HIV的女性非常容易合并HPV（人乳头瘤病毒）感染，而持续性高危型HPV感染是引发宫颈癌前病变和宫颈癌的首要因素，即使有规律地服用抗病毒药物，她们患宫颈癌的概率也要比正常女性高出2~5倍，也很容易罹患卵巢癌、子宫内膜癌、外阴癌等，所以被HIV感染的女性一定不要忽略每年的妇科查体和宫颈癌筛查，从她们有性生活开始就要进行宫颈癌筛查，要持续终身。一旦发现癌前病变，就及早治疗，效果还是很好的。

早逝的青春

一个24岁的女孩又一次住进了四医院艾滋病外科病房。

“我不想死。”进入病房，她伸出那纤细的手，转动苍白的脸对护理她的护士长谢彩英说。她不知道她的男友在何时将HIV传染给了她。她的男友已去世两年了，她还活着。她知道她最终也要跟随男友而去。婚姻的门槛尚未跨过，她已被死亡之手紧紧拉扯着衣袂。

她不想死！她想活下去！

她的梦想还未起步，青春年华如蓓蕾待时绽放；她还没有生育出可爱的婴儿，事业还没有结出果实，大好时光刚刚开始。

她曾是柳州市某卫生院的一位助产士，参加工作才三个年头。她怀念身着护士服上班护理病人的大好时光，那时她俏丽的脸庞每天都洋溢着温暖的微笑。2011年，她因为反复发烧、咳嗽，一个多月后到四医院检查，入院时初步诊断为AIDS（艾滋病）、肺部感染。从此，她由一名医务人员变成了身患艾滋病的病人。尽管护士长谢彩英以大姐般的温柔与体贴尽心帮助她、安慰她，但她的内心已到了绝望的边缘。完成所有检查项目后，她还被诊断为患有淋巴瘤。两个疗程化疗下来，她的秀发就掉得差不多了。

谢彩英用无限的爱心抚平她内心的创伤，还一遍遍地给她鼓劲打气："这虽然是个沉重的事实，但我们只要勇敢地面对它，总会有办法的。"

"干脆将头发理光了吧。"看到自己的头发一把把脱落，女孩请求谢彩英。谢彩英找来了电推剪，帮她理了个光头。即使变成了光头，在善良的谢彩英眼中，女孩苍白的瓜子脸还是那么美，那么令人疼爱。

无论职业高低、财富多寡，患者在艾滋病病区内都受到同等的对待。这里没有歧视，只有一道光照亮生命。在这里，病人与医务人员的关系植根于信任与忠诚，变得更密切。他们珍惜匆匆而逝的光阴。

前面说到的女孩，在这里暂且用"阿莲"来代替她的姓名。

阿莲出生在柳州一个农民家庭，天资聪明、活泼可爱的她向来是父母的掌上明珠，从小学到初中，奖状贴满了墙壁。她带着家庭和个人的希望去读了卫校，毕业后立志成为一位出色的医务人员，服务于社会和需要关爱的人们。从内心到外貌，她都是美的存在。她只爱过一个男子，他英俊潇洒，能歌善舞，在边境城市活跃于娱乐场所多年，在灯红酒绿中与复杂的人群度过一个个不眠之夜。他与阿莲在柳州这个美景如画的名城相遇，两个人都怦然心动，为对方的长相与气质所打动，很快便坠入了爱河。阿莲的男友直到一次高烧不退去医院检查时，才发现自己已感染HIV。当时的他仰天长叹，痛悔曾经的迷醉。而他并不知道是在什么环境之下由什么人带给他这个病毒的，也不知道艾滋病究竟是一种什么性质的病，他的心中一片茫然。当他把自己的不幸告诉阿莲时，阿莲就像遭遇了一次闪电袭击，心中充满恐惧，但很快就噙着悲戚的泪光告诉他，她愿意跟他患难与共。

年轻人因生理与情感的需要而追求相伴相依的爱当然无可厚非。虽然他们相识相爱的时间并不长，就遭遇了这样令人痛不欲生的疾病，但阿莲对男友却没有半点责备，甚至还归结为命运，用温柔的话语安慰他。

尽管防疫手段与安全措施已普遍应用于生活，但病毒与细菌仍然广泛存在于人们生存的空间，像幽灵一样潜伏、飘忽、变化，感染人群，侵蚀、吞噬和瓦解人们的肌体。他们低估了病毒的杀伤力，没有在情感冲动时考虑哪些措施是最佳的防范手段。在与难以捉摸的疾病共存的时间里，他们已感到人类是被动的生物。

“我不想死。”阿莲再次住院时，病情已经恶化。随着病情的恶化，她对医务人员越来越依赖，生的希望一直在鼓舞着她坚持到最后一刻。她被移到重症抢救室时，整个病房是寂静的，身边除了身着白衣的医务人员，没有一个亲人。父母曾经忍着巨大的悲痛来看过她，她为了不让父母伤心过度，拒绝父母的再次探望。她知道，任何探望和安慰都不能让她找回以前长发披肩、脸庞红润的健康风采。她的青春如同花朵，因这病毒的啮啃而过早凋谢了。

两年前，她曾守在男友身边，每天为他抹汗和擦泪，鼓励他要坚强活下去。男友咽下最后一口气，她紧握着他干瘦的手，并俯下身子为他抹下不愿闭上的眼帘。而现在，她只能一个人喃喃自语，是祈祷，是责怪，是嘱托，或者是生命的游丝在微弱颤动？没有人能够真正理解。

一个年轻的生命离开人世，在医院的日志上是一件平常的事情，但在谢彩英护士长心中却留下久久难以消逝的遗憾、痛惜和忧伤。她所能做的就是用全部的责任心、爱心，关注病人，尽可能减轻病人的痛苦，延长病人的生命——即使一切努力都因一个生命的结束而结束。

最后，留给一个忠诚于本职的医务工作者的，也是留给社会大众的，就是尊重生命和关爱生命的呼吁。

去意彷徨

2016年夏天，四医院院内浓绿的树影里传来声声蝉鸣，阳光下的夏风吹过，带来丝丝凉意。维系生命的四医院里，每一个病人都可以感受到旺盛的生机。而他们的感动直接来自身边那些白衣天使。这天，当谢彩英护士长准备拥抱一位弱不禁风的女病人时，那病人用悲戚的声音哭喊道：

“护士长，我不想活了，我不治了！”

谢彩英将这位陷入绝望的女人搂得更紧。她反复地说着同样的话：“不要这样说，生命只有一次，珍惜生命是每一个人的义务。坚持就是活着。”然而谢彩英心里也十分明白，2013年至2016年间，这位病人已经住院十几次，还能经受多少时间的折磨？生命对于每一个人来说，是坚韧的，也是脆弱的。

“可怜的阿霞！”谢彩英在回忆中说出这话时，美丽的明眸不由得闪烁出泪光。那时的阿霞35岁，长着鹅蛋脸，身段优美。住院期间，她掏出以前的照片，照片中那个长发披肩、红唇皓齿、一袭旗袍的女子宛若天仙般迷人。那年她正意气风发，如诗的岁月伴随着她一路走来。她珍惜每一寸美好的时光，为自己曾有过的动人时光而惆怅。她也曾无数次遐想：假如生命再来一次，自己是否能躲过这魔鬼般的疾病，身心健康地去拥抱美好的未来？

这样的念头，不管是医务人员还是病患，都会感受深刻。这人类共同的意愿不因身份的千差万别而有丝毫差异。在阿霞短暂的人生中，有过光彩夺目的经历：她曾是海边小镇上的一个超市老板，每天都在琳琅满目的商品之间行走。她将每一件商品摆上货架时，都感叹这些物品因具有独特的经历而富于灵性。它们从山间、田野、作坊、生产车间里走来，饱含人类的汗水与智慧，最后走向人们日常的消费。每一种商品都有其价值，在阿霞的心中产生和谐的颤音。

“这些商品同我一样，都有它们美的色彩和形态。”阿霞对任何人都这样说。每天她都微笑着向顾客问好，伸出她富有肉感的、柔嫩的手，向来去匆匆或流连忘返的客人展示这些商品。他们是她的上帝。超市的生意越做越红火，阿霞的内心充满感激，感激这风景如画、人潮涌动、充满生机的海滨之城给她提供了施展才华的舞台，感激那些不留姓名只留下祝福和脚印的顾客。当然，她还感激与她朝夕相处的十分帅气年轻的丈夫。

“在她感染HIV后，她的人生发生了天翻地覆的变化。因为HIV引发了耐多药肺结核，她要反复住院。”谢彩英说。阿霞再也不能回到她的超市，在经营的大舞台再现她的风采了。住院初期，她的丈夫还会经常来陪伴她，他们很安静地坐着，推心置腹谈至深夜，历数从相识到相爱到结婚生育的美好时光，脸上露出幸福的笑容。他们沉醉在创业成功的回忆和美好前景的幻想中，彼此安慰和鼓励。她逐渐苍白的脸上，还留下帅气丈夫深情的吻。这一切都让她深刻体会到悲凉中的温情。后来，丈夫渐渐来得少了，最后再也见不到他的身影。他们的积蓄，也在一次次的治疗中耗尽。

“我不想活了。”阿霞在说出这句话时还不忘问起丈夫，“他去了哪里呢？他现在怎么样了？”她心里牵挂着曾与她相亲相爱的丈夫。他们在盛大的结婚典礼上，向着上千个亲朋好友立下誓言：相爱终老，无论富有或贫穷、顺境或逆境，都永不离弃。而今在她病卧床榻时，丈夫变成了一个幻影。有人安慰她：“他可能外出打拼，为了你，为了孩子。”她却有更可怕的猜想：“他可能也患上了和我同样的病。”这念头让她又一次丧失活下去的信心，但又有千丝万缕的情感让她不忍放弃。

“我的两个女儿，一个读小学，一个还在幼儿园。没有人照顾，不知现在怎样了。”阿霞说到这些，眼眶涌出了泪水，“她们都很可爱，她们爱唱歌、跳舞，会念诗，大女儿能念50多首唐诗了。小女儿爱画画，画出的小动物和她一样天真可爱。幼儿园的老师很疼她，给她打满分。”阿霞的思念含着浓浓的亲情。她不能让孩子知道母亲得了这个病，每一次住院，她都瞒着孩子，说因有事务出远门。而大女儿注意到她逐渐消瘦的身体和苍白的面容，会问她身体是不是不舒服。她只能强忍泪水告诉女儿“妈妈没事”。而现在，她关心的是，在这个炎热的夏季里，女儿有没有夏衣穿，会不会去镇上的河里玩水——她们的安危、生活和学习，都紧紧牵挂在她的心头，让她去意彷徨。

谢彩英说：“因为治病，她家的经济每况愈下，超市也因无心经营而倒闭了。最初住院时，她老公还时常陪伴，到后来就几乎没有出现了，换成她60多岁的母亲过来看护。几个月后，她母亲也迫于生活压力，不得不远到广东打工挣钱为女儿治病，留下她一个人在医院治疗。住院期间，她困难到没有钱吃饭。得知情况后，我们就先垫付部分生活费，让她可以维持温饱。家庭的变故、疾病的折磨，使她变成一个特别脆弱的人。”

“我母亲老了，还能做什么工作呢？辛苦她了。感谢医务人员，但我真的不想活了。”关门的超市和每个家庭成员都成为阿霞的牵挂，而她又无力去追回这一切失去的温暖与生机。母亲到了安享晚年的年纪，却为挽留女儿生命而离家打工。这是多么悲惨的处境呀！她现在怎样了？她衰老的身躯经受得住打工沉重的压力吗？而一切问询都没有得到回答，只有医务人员白色的身影和温柔的问候，带给她一丝生存的希望与温情。

阿霞在喃喃自语。这个有高中文化的女人对生死的理解，因经受这病痛而更加深刻：“对于死的不畏，只有到对生不存希望的时候才会产生，而对生的留恋是在于对生命之外的牵挂。我的肉体死去，但我的灵魂仍会徜徉在人间。”

“我感激医务人员给予我的关爱！永远！”阿霞在永远闭上眼睛之前这样说。

走进艾滋病门诊

至善的叮嘱

艾滋病是怎样的一种病?

2019年5月6日下午，天空中飘着几朵浮云，空气有些沉闷。四医院综合楼前的玉兰花正散发着淡淡的芳香，笔者来到综合楼下，整理了一下心情，然后走向二楼艾滋病门诊。

走进艾滋病门诊是需要勇气的。虽然关于艾滋病传染渠道的科普很广泛，但很多人依然心存顾虑。

上了二楼，四医院宣传科的小褚已在那里等着了。她是一位美丽动人的姑娘，毕业于中文系的她来到四医院宣传科工作已有一年。她很喜欢这里的工作氛围，她说这是一个充满爱的医院，这里处处充满了感动。

外面的候诊大厅墙壁上挂着一个“禁止拍照”的牌子。大厅的椅子上坐满了等候就诊的病人，大部分人都戴着口罩。大厅很安静，分诊台的护士正有条不紊地接诊。

此时，VCT（艾滋病自愿咨询检测）诊室走进来一位40多岁的妇女，她皮肤偏黑，穿着朴素，脸上带着忐忑的表情。她的爱人是艾滋病患者，她是作为配偶来例行检查的。对于一方是HIV阳性、一方是阴性的夫妻，同房有性生活的，医院是要求艾滋病患者的配偶每年来做检查的。

门诊咨询员卢晓燕护士接过她的化验单，招呼她坐下。

她的动作有些迟缓，目光有些迷离。

卢晓燕问："同房满三个月没有？"

"满了，现在检查没有问题。"

"现在检查没有那就是安全了，以后要全程戴套。"

"他身上有湿疹，有时候我真的很害怕溃烂处会传染。"她的声音怯怯的，充满了忧虑。她说话的时候，始终低着头。

"一般的疱疹不会传染的，不用害怕。但有性行为时要记得全程戴套。"卢晓燕耐心地开导她说。

那位女人问："那以后要怎么注意？"

卢晓燕回答："以后有性行为的话，必须戴套，一年来检查一次。如果没有性行为就不用检查。"

"知道他得病了之后，我就不再给他碰了。"女人喃喃地说。

"我真担心，孩子在读大学，为了给他治病，已经借了不少钱，我都不知道怎么办才好了。"女人又说。她的声音很低，像是说给咨询员听，又像是自言自语。

"你回去和你爱人好好商量。病是要治的，没有迈不过的坎，怎么渡过难关，让他拿主意。他会有责任心的。"卢晓燕安慰道。

女人走后，又进来一个青年男子，看起来不过30岁，长得挺帅，但脸上是满满的失落。

"这单子是刚领到的吧？你知道自己得了什么病吗？"卢晓燕温柔的声音传来。

“嗯。”对方久久才应了一声。

“艾滋病是要终生吃药的，要知道忘了怎么补、漏了怎么办。要懂得保护措施——既要保护他人，也要保护自己。这些都要懂。你要到对面‘红丝带之家’听一个小时的课，那里会有医生详细告知你这些细节的。”

……

“听完课后去做肝肾功能、血常规、心电图检查，结果显示没有别的病之后才能吃针对性的抗病毒药，明白了吗？”卢晓燕的声音始终温柔，像一个大姐姐在对弟弟谆谆教导。

……

“听明白了吗？”卢晓燕问。

“明白了。”青年沉闷地回答。

“嗯，把这些资料带好，请去‘红丝带之家’那边听课吧。”卢晓燕说。

咨询室里，卢晓燕一边与病人对话，一边在病历本上做记录。她每天面对着各种咨询看病的人，总是不厌其烦。在她的认知里，能为病人分忧解难是她作为一名咨询员的职责所在。

那天，卢晓燕戴着口罩，我看不清她的脸，但记住了她悦耳的声音。

红丝带之家

“红丝带之家”在艾滋病门诊大厅的另一边，洁白的墙壁上贴着用红丝带做成的红心，上面写着“南宁红丝带之家”，红色的字和红色的爱心丝带似乎在无声传递着一种爱的信号。

“那里面是什么样子的呢？我们能进去看看吗？”笔者问。小褚找来了一位护士，介绍说：“这是陈护士。”笔者看到她胸前挂的牌子名字写的是“陈益芹”。陈护士50来岁，一头短发看起来很有精神。她笑容可掬，待人谦和。在她的引领下，我们走进了“南宁红丝带之家”。

推开玻璃门进去，里面有两个医生正在给患者讲课，听课的患者有七八个，他们都戴着口罩，面向老师，看不清脸。从背影看，有老人，有年轻人；从着装上来看，有穿着朴素的农村人，有衣着讲究的城里人。

为了不影响他们上课，我们进了里面的一间医患沟通室。“这间沟通室是便于一对一为患者服务而专门设的。通常在外面上第一节课，我们称为‘大课’，上课的时候，发现有哪个病人情绪不对而需要特别再沟通的，就会带他到这间沟通室进行心理疏导。所以大课也是很重要的环节，陆梅香护士这个岗位也很重要。”陈护士指着外面正在讲课的老师说。

医患沟通室不大，一张桌子，几张椅子，一个柜子，柜子上放着几个文件夹，分别是“依从性教育登记本”“依从性差再教育登记本”和“首次服药两周随访登记本”。在这里服药治疗的患者，医院都要追踪。给患者建档案的时候，护士们都要询问患者的配偶和孩子的情况，母亲有艾滋病而孩子在14岁以下的，医院通常要求孩子也来检查。

陈护士翻开一本登记本，里面记录着患者的姓名、电话、住址，以及是否停药、漏药，服药的不良反应等信息。

在首次服药两周随访登记本的备注栏，对应的名字后面写着“无副作用”“轻度乏力”“第一天胸闷，头晕”“不方便接听，多梦”等详细的信息。

依从性差再教育登记本备注栏记录的多是：“经济原因自行停药93天”“重视度不够，觉得自己身体还行，自行停药42天”……

笔者问："有这种病的都是些什么人呢？"

陈护士说："同性恋者、高校大学生、老年人居多。"

笔者问："能治好吗？"

"规律服药病情就能够控制，但目前没有根治的办法，患者要终生吃药。我们三年来跟踪了200多例单阳家庭（夫妻一方感染HIV，另一方正常），发现病情控制下来以后，传染率极低。"陈护士回答。

陈护士是一个很有亲和力的大姐。自四医院2005年创立艾滋病科起她就在门诊科室上班。2015年，她退休后又接受返聘回门诊做个案管理师。在这些年中，她每天与患者密切接触，为患者排忧解难，患者都很熟悉她，也很尊敬她、信赖她，都称她为"陈姐"，有什么事都愿意找她。这些年来，她除了给特别难沟通的病人做心理疏导，还在做一项研究——跟踪艾滋病单阳家庭的健康情况，目前已跟踪了三年。

她介绍说，有些夫妻检查出一方有艾滋病后，只是为了小孩而维系家庭，婚姻名存实亡；有支持患者的配偶，提醒患者服药，甚至陪着患者来拿药；也有不理解，老是吵架最后分开的。要与他们沟通，那得从每个人的不同特点去切入。

如果是夫妻中的一方有艾滋病，陈护士就会耐心地对他们说："你就多想他（她）对家庭的责任心。你们的感情怎么样，你们自己去衡量轻重。如果你现在给他（她）一个机会，他（她）会感激你，他（她）会觉得他（她）的配偶没有抛弃他（她），他（她）会更感恩。"对于未婚的或者老年的患者，也得根据每个人的情况去进行开导，这些都需要技巧，要说到病人的心里去。经过陈护士他们的劝说，很多单阳家庭中没生病的那一方真的会更加负责，为对方付出更多。

每一个病人的背后都涉及亲情、爱情，涉及很多社会问题。

在沟通时，陈护士从不去评判他们的过去，只是讲现在这个病怎么去面对、怎么去治疗，争取让他们消除顾虑，从而积极地去配合治疗。

前不久，门诊来了一个HIV阳性的小伙子。他性格孤僻，由他哥哥带来检查，全程低着头，哥哥问一句他才答一句，从不多说话。陈护士从他哥那里了解到，他平时在家除了吃饭就是躺着，什么事情也不做。

陈护士就亲切地问他："平时都是你一个人在家吗？哥哥回来时煮饭菜给你吃吗？衣服都是你洗的吗？你现在吃药有什么不舒服吗？你看哥哥那么关心你，你是否也可以在家煮饭给哥哥吃呀？不会煮菜没关系，可以等哥哥回来再煮。"他得这病后，内心封闭，基本上与社会脱节了。所以陈护士首先从他哥哥谈起，从亲情谈起，慢慢取得他的信任。陈护士告诉他不要害怕，医护人员就是他的后盾，有什么问题随时可以打电话过来，也可以自己来这里找医生。后来，这名病人果然自己来医院了，每次到来，护士都会给他倒水，跟他握手，一点都没有排斥他的样子。慢慢地他感受到了她们的温暖，第一次回来复检时多讲了两句话，第二次话开始多了，第三次开始有笑容了。

还有一个20岁的男生，准备考研究生前被确诊为HIV感染。当时的他比较迷惘，很害怕，内心五味杂陈，不敢告诉家里人，想瞒着家人自己治疗，经济又不允许。陈护士就问他："在家里你跟谁关系较好？谁较严厉？"他说："跟母亲较好，父亲较严厉，如果我爸知道我得这个病一定饶不了我。"陈护士说："你带妈妈来，我来跟她说。"男生就把他妈妈带来了。他妈妈知道后也一时接受不了：养育一个孩子不容易，现在这种情况该如何是好？陈护士跟她说了亲情对于患者的积极意义，又跟她讲了这个病的有关知识，告诉她按时吃药病情会得到控制。到最后，他妈妈一听治疗进展，病情并没有想象的那么可怕，也接受了这个现实。那名男生现在研究生已经毕业了。昨天他来复诊，陈护士一见到他名字，特意等着他来，又与他聊了一下近况，他开心地说：“陈姐，我现在在一家很好的单位工作，月薪有上万元呢。”他变胖了，人也开朗了不少。陈护士也为他感到高兴，又问他：“你的个人问题呢？”他腼腆地说：“不敢想。”“那圈内（艾滋病病人圈内）呢？”他说再考虑考虑。

当艾滋病患者谈恋爱时，有义务告知对方自己的情况。很多患者不敢找对象，一是怕对方不能接受，二是担心更多的人知道了情况，到外面传扬他的病情。他们没有勇气面对，所以一般找同是艾滋病患者的对象。也有找非艾滋病患者的，先培养感情，然后再慢慢告知。如果是这种情况，医护人员都会告诫他们要采取安全措施，虽然吃药后传染概率很低，但还是要为对方负责。

有这么一对恋人，男孩在广西南宁，女孩在广西玉林。男孩有艾滋病，女孩没有。男孩不时向女友暗示他有传染病，但是女孩不相信，因为男孩体格强壮。他们发生关系时，男孩都会用安全套。谈了三年，到了谈婚论嫁的时候了，这个男孩都没有勇气告诉女孩实情，最后选择由共同的朋友去告诉她。女孩一听吓了一跳，有抵触情绪。男孩向陈护士求助，陈护士就让他带女朋友来，她来帮说情。陈护士对女孩说：“你们‘在一起’的时候，他是不是都戴安全套？是不是对你很负责？是不是很爱你？”女孩回想之前的情形，也认同陈护士的说法。如果没有安全套，他总是控制自己的欲望，这就是因为他爱她，想保护她啊！女孩感动了，男孩确实是对她好。经过陈护士的劝说，后来他们真的结婚了，有了一个健康可爱的孩子。

在陈护士的帮助下，很多个家庭得以组合。患者有结婚时来发喜糖的，有来送锦旗的，但出于隐私的考虑，锦旗上没写名字。有些农村的病人到医院拿药时，会带上自家种的大米或晨起摘的新鲜蔬菜，有的还包糍粑送来。陈护士他们从不拒绝，因为如果拒绝了，病人有可能会认为医护人员歧视他们。但红包是绝对不会收的，这是原则问题。而医护人员收了患者的菜和米，也会换个方式回礼，比如听说了患者家有喜事就打红包或买几斤面条送给他们。

……

我们正聊着，沟通室的门突然被推开了，跟着一阵风进来的是一个18岁左右的漂亮女孩。这是一名刚确诊为艾滋病的大学生。陈护士马上让座，对着里间喊了一声："小张，你来。"里面应了一声，便走出一个穿着志愿者衣服的小伙子。笔者这才发现里面还有一个里间，也是给病人做咨询的。志愿者小张从里间拿出一个登记本，走出来给刚进来的女孩做登记。

笔者悄悄地打量着这个女孩：她身穿黑T恤、牛仔短裤，背着一个LV包，脚上是一双名牌运动鞋，有一头瀑布般的长发，青春的脸庞上洋溢着天真的笑容。笔者不由得心疼起来：她还那么小，正是如花的年纪，本该好好地在学校上课，全心为将来打拼，现在却患上了艾滋病，将与药物相伴一生。

小张在明确她知道自己得了什么病后，开始细心地跟她讲吃药的注意事项以及吃药后的反应，还有漏服药后应该怎么补救，也介绍了停药后果以及出现副作用该怎么办，等等。每讲完一个要点，小张都会问她明白了没有。如果她不明白就会再解释，说到需要谨记的信息点，他会再强调它的重要性。

女孩问："听说吃这个抗病毒药后，脸会变黑的，是吗?"她关注的不是病情本身，而是吃药后会变得不漂亮。这让我和小褚面面相觑，然而陈护士已经见怪不怪了。

为了不打扰他们，我和陈护士、小褚悄悄地退出了沟通室。

走出沟通室，笔者问陈护士，一般人知道自己患这个病后都会害怕，为何在这个女孩脸上看不到惊慌、害怕的神情？

陈护士说，现在高校很重视相关的宣传教育，在网上也查得到相关的资料，受过教育的高校学生对这个病不陌生，知道有药可控制，也就不会太害怕，不像以前的人，一听到自己得了这个病，觉得天要塌下来了，马上就哇哇大哭起来，递餐巾纸都递不及。如今，反而是那些文化程度比较低的老人对这个病不了解，也不知道吃药的重要性，沟通起来很困难。陈护士又说，还是希望高校学生能洁身自爱，不要图一时之快而受一生之苦，要懂得用安全套保护自己。

与陈护士告别后，笔者走进沟通室隔壁的抽血室，刚好碰到一个穿高跟鞋、长头发、涂着口红的患者来抽血复查。当患者伸出白白嫩嫩的玉臂给护士抽血时，护士看到化验单上写的性别是“男”，就提醒：“你的性别是不是写错了？”那名患者莞尔一笑，用娇滴滴的声调说：“你们不认识我了？我是阿亮（化名）啊。”护士再仔细端详良久，好不容易才认出原来是他——阿亮原本是个男性，但他有性别认同障碍。他觉得他天生就应该是个女生，所以从他有记忆开始，他就把自己当成女孩子，所有的生活习性与穿衣打扮都按女孩子的方式来，性取向也为男性向。五年前，他感染了HIV，开始按时到四医院来复查，吃抗病毒药。他的身体一直都还不错，因为受不了自己男性的身体，就去做了变性手术。成为女人的阿亮变得更光鲜亮丽，更自信满满了，一切的舒心自在都写在他红润的脸庞上。

从病人到志愿者

第二天，笔者又来到了“红丝带之家”。

因为事先打了电话，知道志愿者小张在咨询室里，笔者踮起脚轻轻走到咨询室，直接推门而入。小张正在接电话，他示意笔者先坐下，继续接着电话，只听到他说：“……是不是感染没有得到很好的控制？……没有晚期与早期之说，只要有一线希望，就要来就诊治疗。还有结核？那你要马上来我们四医院结核科住院，记得带诊断单和所有检查的单子来，记得带身份证……”

小张放下电话，刚要与笔者打招呼，门又被推开了，一位护士走进来，说：“那个病人来了，是你过去，还是出去叫他进来？”

小张说：“我出去请他。”

护士说：“那你出去叫他，我喊他，他都没反应。”

小张出去了一会儿，回来时后面跟着一个瘦得皮包骨的病人。小张拿出依从性差再教育登记本，找出对应的名字，问：“你叫 × × 是吗？”对方很拘谨，小声地回答：“是。”

小张说：“打电话随访时你说没有钱，以后再来检查来拿药。我觉得这个问题要换个角度想。你如果因为没有钱就不来找医生不吃药，那么一旦发病的话，你要花的钱就会更多，不是现在这一点点啊！你想一下，是不是？”

“是，我也明白。”病人回答说。

小张说：“明白了，就还是要去做，每次来抽血检查的费用不算多，你可以先借点钱来抽血，这点可以做到吧？你是武鸣的，来这里要花一个多小时，其实你可以在武鸣当地拿药，这样你就可以省来回的车费了。”

“武鸣也有这种药？”病人像是看到了希望。

"有啊。"小张说。

"那就行，那就行，我就不用跑来这里拿药了，可以省点路费了。"

"你还可以去本地民政局申请低保，哪怕是先去借钱来拿这个药也好啊！这样你就有个缓冲的时间。等你吃了药身体好了，种田也好，打工也好，你就有钱去还给别人了呀，对不对?"

"对。"

"那你以后能做得到吗?"小张说。

病人回答："做得到。"

"你是离婚的，小孩有多大了?"

"18岁，在外打工不读书了。"

"你要和他说你现在的情况，你没有钱吃药，不吃抗病毒药会更拖累他，理解我的意思了吗?"

"理解了。"病人回答。

"好，不管怎么样，这个药是不能停、不能断的。一旦停药，病毒跑出来了，再有多少钱都不够填这个坑的。身体好，我们怎么过都行，先把身体管好，明白了吗?"小张的声音一直很温和。

病人走后，我们终于可以坐下来聊聊了。笔者本想问问小张，昨天那个女大学生后来怎么样了，可是这句话到了嘴边，问出来的却是："你为什么来这里当志愿者呢?"

他回答说："因为——我也是感染者!"

他说这话的时候，眼神镇定，语气平静，仿佛说的是别人。

笔者愣了一下，好一会儿才反应过来，忍住了惊讶，用平常的语气问他："那有人知道吗?"

他说："这里所有的医生护士都知道。有时候在给别的患者做心理疏导时，实在讲不通的时候，我会告诉他们我也是感染者，现身说法去取得他们的信任，这样更容易沟通，也让他们鼓起对生活的信心。”

“那能讲讲你的故事吗?”笔者小心翼翼地问。

他很坦然地说道:“可以啊。那是十年前了……”他陷入了回忆。

那年他29岁,只身到杭州打工。由于勤快肯学,深受同事的喜爱和老板的赏识,事业正处于上升期。那时的他信心满满,想在杭州拼出自己的一片天地。

在公司组织的一次军训中,他总觉得很累,但想到自己年纪轻轻,体质又好,就没放在心上。不久后,他生病发烧了,以为自己是中暑,尝试了刮痧,又去买药、打针,用尽各种办法,却过了好久才退烧。

过了一两年,他又一次感到身体不舒服,持续高烧不退,自己去药店买药吃,没有得到缓解,还是老样子。他心想这样拖着不行,便去了杭州的大医院看病。到医院说了情况,医生建议他住院检查。当时他还想自己长这么大没进过医院,医生是不是小题大做?就是那次住院查出了艾滋病。知道结果的那一刻,他只感觉如晴天霹雳,天旋地转。

2009年他第一次远离家乡到繁华的广州打工,有天在街头看到有关防控艾滋病的宣传,他还在“防艾”的宣传横幅上签了名。当时的他觉得那只是宣传,这病离他很遥远,不曾想过有一天这种病会落到他的身上。

然而,上天与他开了个玩笑。

那个年代,人们对这个病还不是很了解,以为一旦得了这个病就一切都完了。确诊的那个晚上,他一个人走在西湖边,杨柳依依,湖水轻柔,他觉得西湖的水真美啊。从西湖走到钱塘江,看着钱塘江一浪接着一浪,他又觉得钱塘江的浪也很美。他抬头望望夜空,天空中有几颗闪亮的星星,一轮圆月镶嵌在深蓝色的天幕上——夜色也很美。

然而这些美都不属于他。

他从西湖走到钱塘江，又从钱塘江走回西湖，就这么走来走去，走去走来，不知走了多久。他想到自己这一生没在父母身边尽过孝，想死既没有勇气，也不甘心。他就这样漫无目的地走，像一具没有灵魂的躯体。

带着死灰一般的心情，他来到了杭州的疾病预防控制中心。那里的工作人员建议他回家乡看病治疗。他只好一个人悄悄地回到了南宁。他不敢告诉父母，打电话给家里时也说自己在杭州。回来后也不知道该怎么办，就先去了位于南宁市桃源路的广西疾病预防控制中心，该中心的工作人员告诉他，这个病可以去四医院治疗。

他当时经济上很拮据，为了治病，所有的信用卡都刷爆了，好在他的同学接纳了他。同学见他整天愁眉苦脸的，便说："你有什么事和我说吧！人生不就是生和死吗？没什么大不了的。"他就说："我已经经历过死了。"他向同学道出实情，同学听了说："这没什么，你知道怎么做就行了。"同学没有嫌弃他，反而给了他鼓励，让他住在自己家中。

第二天他就来到了四医院。

可以说是这里的医护人员救了他。他来到四医院时，首先见到的是"红丝带之家"的工作人员。他说，是杜丽群护士长，还有陈益芹护士、黄金萍护士长救了他。她们对他进行劝解，进行心理疏导，进行艾滋病的知识宣讲。从她们那里，他得知还有药可以控制，他不会一下子就死掉。"目前，在我还没有办法改变生活现状的情况下，那我先保住我的生命。"当时他这样在心里给自己打气。

他从四医院出院后不久，听说了四医院需要艾滋病志愿者，条件是要文化水平高、能说会道。他是大学毕业生，形象又好，是符合医院要求的招募对象。医院一打电话给他，他很高兴，二话不说就来了。

“可以说，我在这里得到了重生。这也是我回来做志愿者的原因——我想回馈，想报恩。我想去帮助更多像曾经的我一样迷惘而需要帮助的人。”他说这话的时候，语气平缓，眼神坚定。

当时他没有经济来源，家里父母年老，自己又生着病。黄金萍护士长和陈益芹护士知道他的生活困境后，给了他很多帮助。她们知道他没有饭吃，就用自己的饭卡从饭堂里多买一份饭给他，去外面吃饭时也总不忘带一份给他。谁家里煲汤或是做了好吃的也时不时带一份来给他，对他就像是对待亲人一般，让他感受到了家庭般的温暖。他摸过的东西她们也照摸，坐过的凳子她们也照坐，从来没有表现出忌讳的样子。逢年过节还要给个红包让他带回去给年老的父母。点点滴滴的关爱，让他在这里找到了尊严、找到了温暖、找到了快乐。

当一个人走投无路的时候，总是希望能有人拉自己一把，而给他救命稻草的人就是四医院感染科的医护人员。

小张永远记得他的主治医生欧汝志医生说过的一句话：“一个人考虑问题的时候不要陷在困境里面，你要发现生活的美，然后才能去感受更美的生活，去认识更好的自我。”

这句话对小张影响很大，他说：“当时从自身困境走出来经历了很漫长的过程。首先要充分认识自身的处境。我想，这困境既然已经是一个事实，改变不了了，那我就要去面对。”

他阅读了很多相关书籍，几位护士又给了他引导。遇到事情的时候，他很愿意去找她们倾诉——他们是医患关系，又是姐弟关系。

他也在不断地学习艾滋病治疗方面的知识，他知道，只有用知识去武装自己，才能更好地保护自己。他向他的主治医生欧汝志医生请教很多专业的问题，然后向其他患者宣讲这方面的知识。

可喜的是，10年过去了，他的身体很好，并且成了家，他的妻子漂亮可爱，他们还有了两个健康可爱的儿子。他虽是志愿者，但医院每个月会发给他3000元的工资。他爱人一个月也有两三千元的工资，生活质量相对提高了。

笔者问道："你的爱人知道你有这个病吗？她能接受你吗？"

他说："我爱人从头到尾都是知道的，刚谈恋爱我就向她坦白了。刚开始她也有疑虑，我就给她讲这方面的知识，她听后倒也能够理解了。她反而安慰我说，错不在我本身，是当年冲动又懵懂引来的后果。现在四医院让我得到了重生，以前的事就让它像历史书一样翻过去吧。"

妻子的回答令他感动。虽然他知道该怎么去做，该如何保护她，但她愿意冒着被他感染的风险，愿意为他付出，他就要用一生去回报。他说他现在要好好吃药，好好养身体，因为他有牵挂，有家庭，有孩子，有爱他的人。

他仍然没有把患病的情况告诉父母。他现在按时按点吃药，身体状况也很好。不告诉他们，是免得老人担心。有时候，善意的隐瞒也是一种孝顺。

打开心灵的钥匙

狄更斯说过：在你的人生中永远不要打破四样东西——信任、关系、诺言和心。因为当它们破了，不会发出任何声响，但却异常痛苦。

艾滋病门诊护士长黄金萍与病人沟通的几个案例就是明证。

［案例一］

“护士长，快来，这里有个棘手的病人。”这天下午，“红丝带之家”咨询室里，志愿者小张经过多方努力仍然没办法和病人完成沟通，只好请黄金萍护士长出面了。黄金萍的年纪不大，却已有十几年的护士工作经历，在艾滋病门诊做了六年的护士长，相当有经验，“红丝带之家”有什么难题都找她。

这个病人是一个年近六十的男子，他在疾病预防控制中心领到艾滋病确诊报告单后就来四医院住院。刚住下来，病房里的医护人员发现他总是趁人不注意走到窗户边，试着把头从窗户的栏杆里伸出去，形迹十分可疑。值班医生、护士担心他想不开要跳楼，就带他来“红丝带之家”做心理咨询。

首先接待这个病人的是志愿者小张。这个病人软硬不吃，怎么也无法做通他的工作，最后只能请黄金萍护士长出面了。

黄金萍来到咨询室时，看到病人耷拉着身体躺在轮椅上面，双腿双手伸得直直的，眼睛紧闭，整个人就像一个没有灵魂的空壳。黄金萍观察他的神情，发现他并没有表现出很痛苦的样子。

“这样吧，您能不能坐到这个椅子上来？这样我们坐得近些，可以好好聊一聊。”黄金萍在桌子边坐下，指着旁边的椅子跟病人说。那个病人听了，懒懒地睁开半只眼看了她一下，不吭声。

“您看可以吗？我工作很忙，但是上面病房的医生护士怕您想不开，说您这里更需要我过来帮忙，所以我过来跟您见个面。”

听了黄金萍的话后，那个病人懒懒地睁开另一只眼睛看了她一下，还是不吭声。

黄金萍又说：“您能慢慢走下来吗？”

这回，他粗声粗气地回答：“不能！站起来没有力气！”这个病人是南宁市区城中村的居民，讲的是带有本地口音的普通话。

“那您试着站一下给我看看。”

病人就试着站了起来。

见他能站起来，她紧接着说："那您试着走，来，走过来坐。"

他慢慢走过来坐下，但在椅子上也是保持着轮椅上的姿势，身体瘫在椅子上，双手双脚直挺。

"上面病房的医生护士说，您总去试着把头伸出窗户。您是因为感染上这个病心理承受不了，还是我们的窗户有什么新鲜的地方吸引您呢？"黄金萍又问。

病人还是不出声。

黄金萍又问："您知道您的并发症是什么吗？"其实在过来的时候黄金萍已快速地在电脑上看了他的病例，他的并发症并不严重，只是急性胃炎。

他说不知道。

"那您爱人做检查了没有？"

他粗声粗气地说："做了，没有问题！"他爱人一直陪在旁边，本来不出声的，见问到关于她的问题，便说："他有'问题'，我没有问题。"

"这样也挺好的，您没事，那您是不是能够全心全意照顾阿叔？"黄金萍转头对他爱人说。那个病人一听，马上激动地坐直了身体，怪声怪气地说："她怎么会来照顾我呢？她巴不得我去死了。"黄金萍一听，马上知道问题出在哪里了。多年的经验告诉她，这个男子主要是担心他被家人抛弃、被社会抛弃。她追问道："您是担心阿姨跑了还是不理您了？"他爱人在一旁说话了，她说："我能跑到哪儿去？我这么大年纪了，如果想跑我早跑了，还陪你过来住院看你的黑脸？"

病人听到他爱人的这句话后，一直阴沉的脸色有些回暖了，黄金萍知道这时要分开他们单独沟通了。她把病人的爱人支开，单独问那个病人："您看，现在阿姨表态了，您还有什么想法？"

“我就是心烦!”

“烦什么呢?”

“我的腿一点力气也没有。”

“刚才我看到您从轮椅到椅子都是能走的啊。”

“我哪里懂?奇怪了，就是没力气走路。”男子抱怨道。

黄金萍听了，拿起桌面上的宣传册，一边指着里面的图文一边对他说：“我来解释给您听，因为您的CD4$^+$T淋巴细胞（以下简称“CD4$^+$细胞”）低于100个/微升了，抵抗力低了，您的全身就会没有力气，这符合这个疾病的发展规律。这个情况只是暂时的，您在病房住院，等我们帮您把并发症处理好了，再来我们门诊这里吃药治疗——这个药是政府免费给的。”

黄金萍又跟他讲了很多这方面的知识，她说：“您的身体免疫系统遭到病毒的破坏，也就是您身体的保卫兵很少了，只有通过吃药把病毒关起来，病毒才不会出来破坏您的免疫力。您现在身体累、无力，就是这个病发展到了一定程度才导致的。”

“那我的腿还能恢复力气吗?”病人问。

黄金萍说：“当然能！只要您坚持按点、按时、按量服药。”

听到这些话，病人感到有了希望，整个人就开朗了。他反过来主动问了很多问题，黄金萍都一一耐心解答。病人关注的问题得到解决后，他突然站起来，中气十足地说：“护士长，好了，我要回去吃饭了。”说完就推着轮椅腿脚灵活地走了出去，与来时判若两人。

守在门外等他的爱人看见他走出来，忙追上去喊：“哎呀，你怎么走出来了？快坐下来，我推你回去!”他头也不回，中气十足地说：“不用!”

目送着他们离去的身影，黄金萍心中的大石终于落地了。

［案例二］

2016年的一天，门诊咨询室来了一位75岁的老人，接待他的正是黄金萍护士长。老人是艾滋病感染者，他僵直地坐在咨询室里，一句话都不说。黄金萍告诉他如何用药和治疗的重要性。他机械地点头说“好”，但整个人处于僵硬状态，似乎完全不知道黄金萍在说什么，只想着等她赶快讲完就可以走了。

有多年心理疏导经验的黄金萍一看就知道不对劲，就问他：“阿叔，您今天的反应跟我平常接待的病人和家属的反应不太一样，您是不是有什么难处？有什么解不开的难题？按理说您70多岁了，对这个疾病也不是十分了解，应该有很多问题要询问的，您怎么都不问一句呢？”

老人还是一言不发。

黄金萍又继续说：“我是这个科室的护士长，您放心，我们所有医生护士有责任替病人的病情保密，不会把您这个病情泄露出去的。我们都是要签保密协议的，我们一旦泄露出去就会被送上法庭，受法律制裁。”她一边说，一边观察着老人的脸色。听了这番话后，老人的脸色慢慢有些缓和。

黄金萍又问：“您有小孩吗？您爱人呢？”

她的话音未落，老人突然站起来，狂怒地举起拳头狠狠地砸在玻璃茶几上。玻璃承受不住他这爆发性的一拳，哗啦一下碎了，玻璃碎片把他的手扎伤，鲜血从老人手上流了出来。突如其来的一幕把黄金萍吓着了，她知道她碰到了一个棘手的问题。容不得多想，黄金萍第一反应是站起来，对他说：“您现在先坐下，先在这里缓一下。您放心，我们不会不理您的。我先出去拿酒精和药给您消毒包扎伤口。您现在免疫力本来就低，再引发感染了怎么办？”说完，她走出去叫来了医生、护士帮老人处理伤口。

伤口包扎好了，老人慢慢冷静下来。可能在那一瞬间内心的压抑得到释放后，他整个人就舒缓下来了。黄金萍见他神情缓和了不少，就叫医生和护士出去了。她关起门来，慢慢地和老人进行沟通。经过进一步沟通，她知道了老人的忧虑所在。

原来，他文化程度非常高，家庭条件非常好。他的孩子也很有出息，很优秀，大学读的是上海的一所名校，毕业后在上海工作，也在上海买了房，并且结婚生子了。他的老伴到上海带孙子去了，他就一个人留在南宁。长时间的独居让他感到非常寂寞，有一天忍受不了空虚，就出去外面发生了高危性行为。在某次检查中发现自己患上这个疾病后，他内心非常恐慌。他恐慌的不是他会死，而是万一老伴知道了怎么办，他的孩子知道了怎么办，万一他又传染给了老伴，老伴又照顾孙子，传染到孙子怎么办……这个家岂不就完了？这一系列的问题纠缠着他，让他的内心陷入极度的焦虑与恐慌中。这对他来说是个天大的耻辱，因为他在他孩子心目中的形象一直是正派的、高大的、优秀的，是孩子的榜样。现在他该如何面对这一系列的问题啊！

黄金萍了解了他的问题症结在哪里后，就针对这一问题对他进行心理疏导。

她首先问老人，近期他与老伴有没有同过房。他说因为孩子在上海比较忙，老伴回来的次数非常少，他们两夫妻团聚的时间也很少。又问他团聚的时候有没有同房。他说有，即使年纪大了也会有这方面的需求，而且因为都是老年人，所以并没有使用安全套。

黄金萍又问："目前您最想做什么？"

老人说："我最想知道老伴有没有感染到这个疾病，可是不懂怎样去开口。"叫老伴去做这个检查对他来说比登天还难。

艾滋病门诊的护士在做咨询的时候就是要找出病人的疑虑，然后帮他们去解决他们担心的问题，让他们走出心理困境。

黄金萍说："常规体检是不做艾滋病筛查的，除非你喊你老伴回来，带她来这里做个检查。"

老人说："她一过来看到是四医院，再看到你们一些横幅上的字眼就肯定会知道的，不行!"

"要不先和儿子说？虽然您儿子可能也会有一段时间对您这个疾病不理解，但是不去说的话，您的问题始终堆在这里，一直纠结着。您在这里我还能帮您做咨询，等您回去了，万一想不通，跳楼一走了之，您老伴的问题也还是没得到解决啊。您倒是走得干净，但留给家人的是永远无法抹去的痛苦，后面的一系列问题也没有得到解决啊。万一您老伴真的被感染了，而她又不知道，假如因此错过了治疗的时间岂不是更害了她？而您现在带她来检查，万一她真的感染上了，通过吃药治疗，也能像正常人一样生活啊。这样的话您会选择哪个呢？告知家人可能会有大吵大闹，但总会走到一个接受的阶段，因为你们都是有知识、有文化的人，总有冷静下来的那一刻，就会讨论下一步怎么解决。您是不是可以先从儿子这边入手呢?"黄金萍问。

老人听了黄金萍一番话后也觉得有道理。他回去冷静思考一周后，最终选择把情况老老实实告诉儿子。他儿子也是受过高等教育的人，在听说他的事情后，表现得比他想象的淡定一些。儿子马上飞回南宁照顾父亲了。最后他们决定要告诉老人的老伴，带她回来检查。

在老人的老伴来检查的时候，黄金萍也和她介绍了广西艾滋病疫情的特点，说老年人容易陷入这种危险是因为缺少陪伴，大多数人都不知道高危性行为会有这种问题，也不全是老人的错。

抽血，检查，焦急地等待结果。

结果出来了，当看到化验单显示老伴的HIV检测是阴性的那一刻，老人当众失声痛哭。那一刻，他这段时间以来积压在心头的担忧、悔恨、自责、恐慌都得到了释放。

他老伴也是通情达理的人，见此情景，走过去温柔地拥抱老人说："老头子，我以后就少去上海了，多在家陪你。孙子也上幼儿园了，请保姆带就行了。"

老人走到黄金萍面前说："护士长，你们接下来让我怎么做我就怎么做，该怎么吃药就怎么吃药，我都听你们的。只要能好好活着，我以后的10年也好，20年也好，一定好好照顾我这个老太婆。"他老伴听了也很感动，笑着说："谁照顾谁还说不定呢，你好好吃药就行。"

事后，黄金萍还和老人开玩笑说："阿叔，假如您不来这里，在家里想不通一走了之，那会怎么样？"老人说："那我会后悔死了，他们也不知道我为什么死。黄护士长，多亏有你啊，是你救了我的命啊！"

两年过去了，老人每次来拿药，都会找黄金萍聊上两句，把黄金萍当成最信赖的人。黄金萍还帮他做老年人常见病如心血管病、高血压等的预防，跟他讲解怎么去注意这方面的问题。他说："是你给了我活下去的信心，我会好好吃药的，直到我来不了的那一天为止。我来不了那就证明我已经走了。只要我还能走还能吞下药，我都来拿药吃。"

艾滋病门诊的护士就是要会沟通，她们每天面对各种患者，要说很多话。既要懂得表达，还要懂得关注病人担心的问题——解决他们焦虑的点之后，下一步工作就容易了。

［**案例三**］

2019年6月的一天，黄金萍收到一条微信，微信的内容是这样的："萍姐姐，谢谢你给了我活下去的勇气与希望，谢谢你陪我度过了那一段黑色的日子。如果没有你，我还不知道我的明天在哪里。我现在考上了英国××大学的研究生，实现了我的梦想，这是我的录取通知书。”发微信的是一个刚考入英国一所名校的男孩。

这个男孩是因为“男男”性行为感染上艾滋病的。

时间回到2017年9月的一天，黄金萍正在护士分诊台忙着，一位中年妇女在旁边可怜巴巴地望着她良久，几次欲言又止。她感觉不对劲，就主动问：“这位大姐，您有什么要我帮忙吗？”那女子刚想开口说话，可话没说出，眼泪却哗哗流了下来。黄金萍见分诊台旁边人太多，怕她不好开口就带她到咨询室去。

“我看你头戴护士长的帽子，就知道你对这方面有经验，我想让你到我儿子住院的医院帮他做咨询。我给你钱，按小时计算，你要多少都行。”女子带着哭腔哀求道。黄金萍一听就知道这位妇女肯定遇到什么问题了，她马上说：“我们这里不允许去外面接活的，也不能收钱，如果我出去也是义务去帮忙的。您慢慢说是怎么回事。”

那女子一边擦眼泪，一边诉说。她离异后单独抚养儿子，她的儿子目前正在上海一所国际大学就读，9月开学就是大二学生了，儿子在暑假期间去献血。不料，开学前几天，她儿子接到来自南宁采血中心的电话：“血样有问题，HIV阳性……”听到这句话，她儿子当场就蒙了，电话没听完就从楼梯口摔了下去，导致左脸颧骨、眶周粉碎性骨折，满脸是血。

见此情景，她慌了，马上打120。等送到医院一查，就明白是怎么回事了。儿子在本地某医院住了一周便转来四医院感染科住院。她在当地是比较知名的企业家，她的亲戚朋友都是有头有脸的人物，大家知道她的孩子住院了都要来探望，可她不想也不能让他们到四医院感染科病房来，怕暴露儿子的隐私。等到儿子病情得到控制了，转到当地一家眼科医院住院，她才让亲戚朋友来探病。

但是她的儿子此时已经处于自我封闭的状态，不看手机，不说话，接近抑郁的状态，接受治疗时就像个木偶般听从医生护士指令。作为母亲，她看在眼里，疼在心里。

“护士长，我求求你，帮帮我儿子。”这个母亲恳求道。

听完她的讲述后，黄金萍从电脑中调出这个男孩在四医院住院的记录。看到这个忧心的母亲，她也于心不忍，于是说：“如果您信得过我的话，您先把您孩子的微信给我，就跟他说四医院的一个姐姐比较关心他，他有什么问题都可以随时发问。不然我这样贸然过去看他，怕他反感，反而适得其反。”

加了微信聊了一段时间后，男孩开始对她产生信任，也很依赖她，嫌打字聊太慢，又主动打电话来咨询。

黄金萍对他说：“如果我上班太忙了不能接电话的话，你先留言，我有空就回电话给你。”

其实，这男孩毕竟是个大学生，他已在网上查得很清楚：艾滋病是一种什么病，艾滋病有什么最新科研进展……他都了解得清清楚楚。

她跟男孩说：“你母亲很关心你，哪怕你不结婚都可以，重要的是你要好好的。”

男孩向她说出了内心最大的苦闷：“萍姐姐，我没有办法面对母亲，母亲为我付出太多了。我性取向有问题，我不可能结婚生子，不可能为家庭传宗接代。还有，我的学业怎么办啊？”一连串的问题困扰着这个男孩子，他总喜欢找黄金萍倾诉。

黄金萍说：“这些都是以后的事，你先配合吃药，做好眼睛和脸部的手术了，再想办法解决学业的问题，国内的学校去不了就到国外的。你英语那么好，可以考托福到国外大学去学习啊。至于性取向，就更不是问题了。越来越多的人知道了，同性恋不是什么病，应该被尊重。”男孩听了特别高兴，一边接受治疗一边学英语，慢慢地找回了信心。

男孩做了眼睛手术和面部的修复手术，恢复成了帅小伙。他每回来四医院拿药的时候，都特意来找黄金萍聊上一会儿。他母亲也对黄金萍说："没有你去开导他，我儿子肯定是走不出来的，我不知怎么感谢你才好。"

看到这个男孩变回阳光的模样，黄金萍也替他开心。

第二辑

——

刀尖上的决战

用手术刀书写大爱的人

一

艾滋病的出现与蔓延曾经引起人们极大的恐慌，当今医学界对艾滋病病毒的起源仍未统一认识，只知道它主要是通过性接触、血液传播和母婴传播等方式感染人类。艾滋病病毒对人体的侵害是一个缓慢的过程，它潜在人的肌体之内，削弱人体免疫力，在吞噬人体T淋巴细胞过程中造成人体机能的衰退、免疫力的减退与丧失，导致内脏各器官感染细菌、结核、真菌、病毒，甚至诱发癌肿的严重病态。虽然当今医学针对艾滋病还没有找到一个根治的办法，但早已研究出有效的预防与治疗的办法，可通过抗病毒药物治疗减缓艾滋病病毒在人体内的复制速度，大大延长了艾滋病患者的寿命。这就给了艾滋病患者坚强生存和追求美好生活的希望。因此，艾滋病防治不仅是感染内科的问题，它还涉及外科范畴的有关工作。

世界上专门医治艾滋病的机构及其医生都十分清楚，对于艾滋病的治疗是一场没有硝烟的战争，随时面临着巨大的危险。对于患者而言，如果错过了有效的治疗期，病情的恶化会使皮肤出现肿疮并且溃烂，散发出难闻的恶臭，人疲惫得完全失去自理能力，拄着拐杖也无法支撑软弱无力的身体，那么患者对生命就容易产生放弃的念头。而医生对于患者永远是尽职尽责的，通常会通过手术的方式切除病灶以挽救生命——这是高危的作业。手术中难免喷溅出血液，这血液极有可能溅到医生的眼睛；手术过程中稍有不慎，那锋利的刀与尖锐的缝针也会刺伤医生的手指……这些都能导致艾滋病病毒乘虚而入。这就是医疗上所称的“职业暴露”。这时候，医护人员必须及时处理自己的伤口，并通过服药来阻断病毒的入侵、复制，避免诱发艾滋病。

有这么一群英勇无畏、医技精湛，有着仁心大爱的医生，他们从事着这一高危的职业。

本文的主人公邓建宁就是其中的优秀代表。他带领他的团队迎难而上，用情、用爱服务艾滋病患者，堪称医疗界的“特种兵”。

作为传染病专科医院，四医院是一个特殊的存在，是一支为艾滋病、结核病、突发公共卫生事件（如非典、埃博拉、中东呼吸综合征、甲流H7N9、新冠肺炎等疫情）随时奔赴疆场的“特种兵”，而邓建宁团队则是“刀尖勇士”。

邓建宁无数次目睹严重疾病导致完整的家庭阴阳两隔的惨剧，从病者的哭诉声中感知了婚姻生活的悲酸，理解了那些因疾病而经济陷入困境的人的痛苦。他们当中，有白发苍苍的老者，有事业有成的中年人，有意气风发的青年，有情窦初开富于幻想的少年男女，有嗷嗷待哺的婴儿。邓建宁了解他们的不幸，为那些被病魔所摧毁的美好而惋惜。他内心充满着对这个群体的关怀。这种关怀是邓建宁内心柔软部分的自然感受，建立在医者仁心的基础之上，又超越了职业操守。他清澈的眼神常含着思考，英俊的脸庞也因严谨而显得沉稳可靠。他快速穿行于病房与手术室之间，不断更换白色与墨绿色的工作服，进入特殊感染手术室或介入治疗室中。为了防止职业暴露，医护人员给艾滋病病人做手术穿的手术服与普通手术服不同，是分体式或连体式防水衣，用防水面料制作，密不透气。另外，需要戴两层手套，戴帽子、N95口罩，还要戴防护眼镜或面屏面罩。这一整套装备起来，使得医护人员在做手术时变得有些笨拙。手术完成后，每一位参与手术的医护人员都是一身大汗，衣服能拧出水来。

无影灯下，邓建宁敏锐的思维如透彻天宇的闪电那样坚定而灵动。这位驰骋于无硝烟战场的无畏勇士，面对着患者的呻吟、痛苦和挣扎，面对着发臭的肿包、锐利的骨折断端、突然喷涌飞溅的体液，职业的操守、对于生命的爱重向他发出召唤，他时刻准备着投入紧迫的工作节奏中。他的人生之歌也由那柳叶刀、药物和一声声问候去书写。这位没有一刻空闲的医者，早已习惯于少言寡语，他的沉静仿佛大海深处的急流、血战过后的沙场。而他的胸中，却时刻激荡着作为医者的情感。

这是一种朴素而毫无杂质的情感，从1995年到2020年，25年的执业生涯使得邓建宁从一个学识丰富的学子成长为广受称赞的名医，他将自我对医疗事业的理解，内化为对人类生命的敬畏、尊重与关爱。在这个漫长历程中，他经受住了磨砺，获得了蜕变，将日常工作升华为对生命和对医疗卫生事业的崇高追求。有一种不可泯灭的信仰在支持和鼓舞着他。

二

面对严峻的艾滋病疫情，加强对艾滋病合并外科疾病病人专门的管理，成为传染病医院迫在眉睫的任务。四医院领导班子研究决定成立专门治疗艾滋病合并外科疾病的专科——艾滋病外科。2012年8月6日，艾滋病外科病区正式启用。邓建宁被任命为艾滋病外科主任。接到命令，邓建宁二话不说就担起了重任，组建团队，开始了直面艾滋病的“战斗”。

八年来，南宁市第四人民医院艾滋病外科诊治了7000多名艾滋病患者。这是个可怕而又可喜的数字，一方面说明艾滋病已经迅速蔓延成为一个不可忽视的医疗重点，另一方面也说明了以邓建宁为代表的南宁市第四人民医院全体艾滋病外科医生竭尽全力的救治取得了显著的治疗成果，证明令人畏惧的艾滋病可以得到合理的诊治，患者可以获得不断改善的生活空间。作为艾滋病外科主任的邓建宁，经他亲自治疗的艾滋病病人至今已达5000多人，成功实施或参与手术治疗2000多例。在这庞大的数据库里，他无法记住每一个病人的面容与他们背后的故事，然而每一个出院的病人都能够记住他的名字，记得他有如兄弟和朋友般的声音与姿态。他们会向身边的亲友提起，给他们第二次生命的正是这位身材中等、英俊健朗的医生。他们记得他清悦而温和的声音，记得他沉静而和蔼的面容。每逢节日，或新生活开始的重要时刻，许多出院的病人会给他发来祝贺卡片，简短的留言中映现的是他执着而坚定的姿态、他紧贴病人床榻边弯下的腰身、他按住喷射血液和安抚病患的手掌，以及他不分白天黑夜地守在病区的身影。

在多年医治艾滋病患者的执业生涯中，邓建宁凭着坚定的信念、精湛的医技和非凡的勇气，创造了奇迹。他依凭着这些习以为常的工作，提炼出人间最为珍贵的从医精神，而这种精神又很难用概念来诠释。它隐身在那些生动感人的事迹当中，改变了病人的一生，令他们感恩不已。在邓建宁丰富的医疗词汇里，会出现诸如淋巴结活检、肠瘘、病毒载量、梅毒、传染率、生存获益、肿瘤、骨折复位、飞溅、浸渍、锐器致伤、气溶胶吸入、职业暴露等一系列让人触目惊心的专业术语，这些术语对于邓建宁来说，平常得就像我们日常讨论的衣食住行，串连成了习惯用语。它们都会发出清晰的声音与气息，和医生特质融为一体。

时间回到2005年的一天，也就是邓建宁刚接触艾滋病病人的那一天，一位由艾滋病引发肠瘘的男子，抱着对生的渴求来到南宁市第四人民医院。那时四医院的条件十分简陋。邓建宁把这位饱受病痛折磨的农民兄弟接进病房时，来自外界的怀疑目光无可避免，但坚定的信心支撑着他的职业信念。虽然面对的是从未遇到过的情况，一种传言中无法救治的恶疾，但对于邓建宁来说，这是必须跨过的坎，是必须攻克的难题。邓建宁对自己接诊的首例艾滋病合并外科疾病患者进行仔细的问询，得知他有过一次无设防的性行为，又从患者的身体状况判断艾滋病的发展阶段。他还了解患者的生活习惯，问询他家人的身体情况，叮嘱他带领家庭成员及时体检，他自己则要及时治疗，阻断病毒扩散。经过精心的诊治，这位患肠瘘的病人得到有效的救治，顺利出院并能正常生活了。

因为职业暴露的风险，艾滋病患者面临手术难的现实情况，邓建宁勇于奉献，冒着巨大的风险，为众多合并外科疾病的艾滋病患者进行了手术，为他们解除了痛苦。他不断总结经验，掌握艾滋病合并外科疾病的手术适应证、手术时机，对患者进行免疫功能测定、调节，为患者的手术安全性进行科学评估，使许多患者得到合理安全的手术治疗。面对这些特殊的患者，邓建宁首先想到的是他们的免疫力调节、手术方案等，却把自己可能面临的感染风险放在了后面，没有过多地去考虑。他认为，四医院本来就是传染病专科医院，他作为四医院的一员，救治艾滋病病人是他的职责所在。

邓建宁称艾滋病外科是“没有硝烟的战场”，是因为这个特殊病区潜伏着一触即发的险情。医护人员所接触到的艾滋病患者包括不少吸毒者，他们吸毒成瘾，发作时会袭击医护人员。有些患者为了追求快感，在大腿大血管处注射毒品，导致感染性股动脉瘤破裂，医护人员在给他们做手术时很容易造成职业暴露。又因为这些患者经常注射毒品导致肌肉组织受到破坏、动脉损伤，很容易造成股动脉破裂喷射，如不及时救治，只要5分钟就会失血身亡。在这种情况下，只有奋不顾身地冒着职业暴露的危险救治病人，才能使病人转危为安。

邓建宁就遇到过这种情况。那天他正在值班，忽然听到卫生间传来呼救声，他像闪电般疾奔过去，看见一个有吸毒史的艾滋病患者在上厕所时因用力过猛导致大腿根部股动脉瘤破裂，血液喷涌。邓建宁果断做出判断：需要修复受损血管，重建血流，避免患者致残。这对患者的安危、受伤肢体的存活和功能恢复起着至关重要的作用。他按压在患者伤口上的手指稍松一点，鲜血必将再次喷涌，患者就有可能当场丧命，所以必须就地手术。他用力往患者骨盆方向抵压血管控制喷血，他的助手协助局麻，随后他快速精准地用无创血管钳阻断患者腹股沟区髂外血管、股动脉近心端，接着清除坏死组织，修补破裂血管，控制了大出血。患者终于得救了。这是与时间的赛跑、与死神的较量，邓建宁以冷静果敢的心理素质、高超的技艺，又一次驱散死神的阴影。

一个高明的医生能让处于绝望的病人重燃对生命的希望。邓建宁闯进生命的禁区，创造了一个个奇迹。“森林中有两条路，我选择的是人迹罕至的那条，这边风景独美！风雨江山之外，别有动吾心者哉！”邓建宁及其团队就是这样具有远大抱负的前行者，他们身上表现出来的胆识和他们战胜的挑战可以书写成一部生动感人的传奇。生活就是这样，在放弃与拥有、失望与希望之间艰难地延续，并充满了生机。在邓建宁的病人中，有一位年仅20岁的女子，她患有脊髓结核并导致瘫痪，同时她也是个艾滋病患者。20岁正是青春勃发、创业有为的大好年华，邓建宁想起自己的青春时光，他不忍心这20岁的生命因为严重的合并症而断送。这位病人的病灶波及脊髓横断面致大部分变性，而手术清除病灶将难以避免脊髓损伤导致瘫痪，他要用全部智慧和技术让这位瘫痪在床的女孩重新站起来，返回到她可自由漫步的美好时光。邓建宁邀请结核科专家卢祥婵、艾滋病专家黄绍标、外科主任李志强联合会诊，制订了抗结核、抗病毒以及瘫痪康复的综合方案，并购置下肢按摩仪赠送给这位患者，配合开展针灸、理疗等中医治疗。最终，奇迹发生了！这名患者经过一年的治疗后竟能站起来，拄拐可以走一段路了。

胸怀大爱的人就应当是这样——他对于万物都有慈悲之心，关怀生命的来去。在邓建宁心目中，每个人都是自由、平等的生命体，他不会因患者的身份地位等外在因素而对他们有所不同，产生心灵的隔膜与尊卑的区分。同样，在他情感的天平上，也不因患者的差别而对他们有所区别，赋予他们亲疏远近的情感关系。邓建宁视自身职业为庞大世界中生命互爱与生辉的平台，他在接收着这个世界向他发出的救治不幸者的信息，时刻都准备着并始终全力以赴。他珍惜时间的一分一秒，让其发出生命之光，这既是职业精神的体现，也与他人生追求的价值高度契合。

他既看到青年黎明时的光辉，也感受到垂暮之年返照的夕晖。他在时间光影中行走，用全部的热情发出生命的呼唤。曾有一位70多岁的老年人得了艾滋病合并消化道穿孔继发弥漫性腹膜炎，肺部感染也很严重，术后第四天因咳嗽导致腹壁切口突然裂开。邓建宁接到消息后立即从家中赶到医院，拿了手术器械就在病床边给他做了局麻下裂口减张缝合。同事们都很佩服他，赞叹道：能够这么为病患果断决策的人，内心不是一般的强大！

“不仅要让他们站起来，还要让他们能够劳动、创造价值，拥有维持家庭的能力。”邓建宁认为，医生面对的病人是一个个具体的生命体，要恢复病人的健康首先是要恢复他强大的存在感。存在就是一切，而存在呼唤每一个个体摆脱无所作为的状态，和大地以及其他活色生香的事物一样，经由时光焕发出诗一样的光芒。

一个山区农民外出打工，不幸感染上艾滋病。有一天雨天路滑，他骑摩托车走山路，滑倒了，腿骨折，膝关节也断了。由于没有钱到医院治疗，他只能自己找草药来治，不但没治好，还导致畸形愈合。患者找到邓建宁时，伤的腿比另一条腿短了八厘米，骨骼、肌肉、神经、血管都可能已经挛缩。对于这样复杂的情况，在骨科专家杨华教授指导下，邓建宁团队把患者像碎砖头一样堆在一起的骨折端骨碎片、畸形愈合的骨痂慢慢撬松，然后再装上专门向天津骨科器械厂家订制的外支架，每天调一毫米。待患者的血管神经挛缩逐渐舒展开后，再把他的骨头对准骨折功能轴线——这叫骨折解剖和功能复位。等到骨头调到一定的长度时才能植入钛钢板，整个过程起码要半年时间。但这个病人家里很穷，听邓建宁讲手术方案时不理解为什么要花那么长的时间，怕没有钱治，又误以为医生歧视他而故意拖延。于是病人的家属就拿了钱设法送给邓建宁——他们以为送了红包就能快些做手术。红包退不掉，邓建宁就拿去帮患者交费，然后拿发票给他，告诉他说，他的钱还在他的账上。经过半年时间的调治，病人两条下肢慢慢一样长了，邓建宁团队给他装上了解剖型钛钢板。而后邓建宁又为其奔波，为患者争取新农村合作医疗政策性报销。

作为一位外科医生，邓建宁接触和医治的病患很多，凭着大无畏精神和高超精湛的医技，他创造了许多经典案例，下面试举几例。

2012年夏，急诊送来一名被刀捅伤左侧大腿根部的青年，配血急救发现HIV待复查，CD4⁺细胞低于200个/微升，术中修补血管破口时患者突然大出血，导致心博骤停。监护仪一直响，高音报警。邓建宁带领的团队非常默契，他们迅速压住患者的血管控制失血，熟练分离近心端血管，上阻断夹，显露血管裂口，在患者生命指征稳定情况下完成血管吻合，病人血压回升，心脏复跳，术后恢复良好无并发症。

2013年夏天，四医院来了一位骨盆及下肢胫腓骨粉碎性骨折的壮年患者，他是车祸致伤，因无法寻到肇事者，家庭又贫困，只能在家用土方草药治疗。当家人把他抬到四医院时，患者伤处严重感染，下肢肿胀，散发着恶臭，局部皮肤挤压有“搓谷子”“冬天握雪”的手感。邓建宁凭着丰富的经验马上诊断为“骨筋膜室综合征”，当时他脑子里轰然一响。他非常明白，骨筋膜室综合征是骨筋膜室内肌肉和神经因急性缺血、缺氧和组织坏死而产生的一系列临床表现，属致死、致残率极高的疾病。骨筋膜室综合征一经确诊，应立即切开筋膜减压，切不可等到出现“5P”征——苍白（Pallor）、感觉异常（Paresthesias）、无脉（Pulsel-ess）、瘫痪（Paralysis）以及拉伸骨筋膜室时产生的疼痛（Pain）之后才施行切开减压术，这将导致不可逆的缺血性肌挛缩。切开的皮肤一般多因张力过大而不能缝合。可联合VSD技术（负压封闭引流技术），手术减压后，让患者血循环获得改善，大量坏死组织的毒素进入血液循环，之后应积极防治失水、酸中毒、高血钾症、肾衰竭、心律不齐、休克等致命并发症，必要时还可能需要截肢以抢救生命。邓建宁团队充分发挥了精湛的医技，对患者进行了有效治疗，使这位患者避免截肢致残，得到了较好的康复。

2019年初夏，四医院收治一名钦州籍女性艾滋病患者。她右乳肿瘤像椰子那么大，因溃烂而如棉花成熟炸开，张牙舞爪甚是吓人。患者之前已辗转多处求医，因肿瘤巨大，生长较快，有医生判定其患的是晚期乳腺癌，又因其为艾滋病患者，在其他医院没有获得手术机会。患者在家中饱受病痛及心理折磨，抱着一线希望找到邓建宁医生。起初，邓建宁也犹豫过，这么巨大、溃烂严重的肿瘤能不能手术切除，手术能否改善患者生命质量？他一边取材再次进行病理诊断，做免疫组织化学指标检测；一边对患者进行免疫调节，测量乳腺周围皮瓣可推移的限度。做完这些，经过焦灼的等待，病理结果终于出来了。报告提示是炎症，也就是说患者的肿瘤没有定性为恶性。真是柳暗花明又一村，但仍然不能排除癌症可能，仍然需要手术切除肿瘤。邓建宁很慎重，经和团队成员仔细观察肿物周围皮瓣，结合乳腺MRI（核磁共振成像）、CT（电子计算机断层扫描）及CTA（CT血管造影）等检查，直到对该女子的肿瘤与胸大肌、各站淋巴结、瘤体血供特征了然于心，才终于做好手术议案：气管插管全麻下完成巨大肿瘤切除，皮瓣转位修复。那天他们进行了一场与死神的较量，主刀医生顺肿瘤的假包膜快速切下肿瘤，完全夹闭基底载瘤动脉时，患者血压急降、心律失常——因为巨瘤“盗血”1000多毫升。经多科抢救和治疗，患者转危为安。术后病理结果显示是较为罕见的巨乳腺纤维瘤，暂无恶性依据。参与手术的所有医护人员都为患者感到高兴，患者及其家人更是如释重负。

2019年盛夏，一位患者到四医院进行他的第九次开腹手术。经多次病理诊断，他罹患的是多形性恶性纤维组织细胞瘤，这是一种罕见、复发率高、对放化疗呈现“惰性”的恶性肿瘤。邓建宁曾经从这名患者腹腔、后腹膜区域完整切除近7千克的肿瘤病灶。这次做手术时患者合并严重腹腔感染，但他对邓建宁带领的这个团队极其信任，多次说：“有邓主任负责，我放心，就是丧命我也不怨。”邓建宁冷静应对，紧贴膀胱、髂外动脉、输尿管将腹部巨瘤完整切除，使得难愈创面异常渗血得到有效控制，手术终获成功。

生命是脆弱而又珍贵的，邓建宁深刻理解患者对生命的渴望，他作为医生的责任就是竭尽所能拯救患者的生命，在充满挑战性的岗位上战胜一切艰难险阻，在和病魔的较量中取得胜利。

医学的魅力之一是它的不确定性，医学的局限、未知领域的召唤，也正是促使医者持续奋斗的动力之一。

因为地理环境的影响，广西的泌尿系统结石发病率位居全国前三位，结石成分相对复杂。患者的需要就是医生的努力方向。外科医生尤其要有创新精神，想尽办法让患者损失更小、收益更大。推崇微创手术及快速康复理念，以最小的损伤，换取病人最大的受益——这是外科医生永恒的追求，也是四医院艾滋病外科团队坚持的学科人文宗旨。

邓建宁和泌尿微创内镜技术组的李文刚、李兆伟探索总结了艾滋病合并泌尿外科疾病的手术适应证、手术时机，以及免疫功能测定、调节的方案，能够对患者手术安全性进行科学评估。

对于艾滋病合并多发性肾结石，梗阻严重、肾积水明显、合并肾盂内感染的患者，邓建宁团队形成了一套规范操作：先建立肾造瘘外引流，做脓液培养，再根据药敏试验结果选择用药。同时重视围手术期抗病毒治疗，控制经皮肾镜手术后尿源性败血症发生率在国内极低界线内。有一名广西浦北籍艾滋病患者，合并糖尿病及高血压，而且CD4^{+}细胞数极低，双肾积水铸型结石，肾功能不全。邓建宁团队先建立肾造瘘外引流达一年，同步开展抗艾滋病病毒治疗，建立上肢动静脉内瘘血液透析。由于尿培养结果显示真菌感染，他们在规范抗真菌治疗后，再分期安全碎石、取石，解决了困扰患者多年的多重疾患。

为艾滋病患者进行手术，医护人员随时面临职业暴露的风险。统计数据显示，外科手术职业暴露概率为：受HIV污染的锐器伤后导致职业暴露感染率约为0.33%，黏膜表面接触暴露感染率约为0.09%，暴露量大时职业暴露感染率可高达6%。

邓建宁遭遇过三次艾滋病职业暴露，曾在手术中被锐利的针和刀刺伤或划伤。他会在保证患者手术稳定安全之后，忍痛在自己伤口旁边用尖刀再刺出一道伤口，将伤口积血尽量多地挤出，用流动水反复冲洗伤口，避免艾滋病病毒与血细胞结合，然后就进入持续28天的令人十分难受的阻断病毒入侵的服药期。吞服阻断药物后，身体会产生很大的反应，头昏眼花，皮肤如虫爬般痒，乏力，呕吐。在这些难熬的日子里，他不愿回家，不想让父母担心，选择自己扛下痛苦和压力。一直等到服药期结束，检查呈阴性时，邓建宁才敢回家。

即使从事这样高风险的职业，邓建宁也从不退缩，他以坚定的信念、顽强的斗志和旺盛的热情，迎接充满挑战的每一天。

邓建宁常说，四医院艾滋病外科并不是他一个人在战斗，他有一群好领导、好老师、好同事。在党和政府的领导下，在社会各界人士的关心和支持下，广西的艾滋病疫情得到了有效的控制，“防、治、保、康”取得显著成效，艾滋病患者生存期得以延长，生存质量得到提高。但我国防治艾滋病面临的形势仍然严峻，社会上对艾滋病病毒感染者和艾滋病患者的歧视现象还比较突出，防治艾滋病还有大量工作要做。为了更好地救治艾滋病患者，四医院设置了感染一区、二区，感染门诊，血透室，双感病区，妇科，外科，重症医学科……能做的手术种类越来越多，挑战的难度越来越大。这支朝气蓬勃的团队是置身于高危作业环境下的“特种兵”。每一台手术均有艾滋病职业暴露风险：骨科手术暴露风险最高，因为术中需要使用高动力电动工具以及锐利的钻头、克氏针、电锯、剥离子等器械；妇产科医生、泌尿外科医生还会接触到高压的羊水、尿液……每一台手术，他们都担负着社会责任和使命，都在履行“为生命站岗，救死扶伤，发扬人道主义精神”的神圣使命。

身为医者，要为病患进行治疗。这是一种责任，出于人道主义，更出于对生命的敬重。他们必须抱着奉献精神和必胜信心才能完成每一次手术。作为传染病专科医院，四医院实施感控三级管理模式，整体提高团队及个人的防护意识，严格规范手术操作流程。术者必须台风好、沉着冷静、配合默契，术中锐器传递采用“非接触技术”间接自取。医院还大力发展微创内窥镜外科技术临床应用，充分鼓励医生利用数字导航技术、3D打印导航技术实施精准定位的微创小切口手术。这样一方面对患者机体功能影响较小，另一方面使得医务人员职业暴露的概率明显降低。邓建宁代表四医院总结的《艾滋病手术医护人员健康防护》实现了对职业暴露的有效预防，在2019年全国第六届艾滋病大会论坛上做报告并广受好评。

四医院的李志强、黄绍标、卢祥婵等内外科专家精心指导，原解放军303医院（现中国人民解放军第九二三医院）骨科专家杨华、泌尿外科专家李文刚、神经外科专家陈文斗、耳鼻喉专家全超坤等院外专家倾力相授，这些“传帮带”让邓建宁团队获益匪浅。历任护士长黄秀金、许军萍、玉明柳、谢彩英率领的护理团队努力拼搏，专业护理团队已见雏形，为邓建宁团队提供了强大支撑。

自四医院设立艾滋病外科以来，邓建宁和蓝智、梁茂裕、李兆伟、周建文、何广杰、黄山、吴金伟等外科医生，以及李雪琴、黎彦君、肖秋叶、林小丹、潘攀、李倩等内科医生共同协作，完成了团队建设。目前，艾滋病外科已经建立起7个科室技术小组（护理技术组、胸外科技术组、骨科技术组、围手术期内科诊疗组、泌尿腔道微创外科专业组、普通外科专业组、血管介入组），同时也增置应对诊疗艾滋病的各种先进医疗设施。这个团队的成立和完善使艾滋病合并外科疾病患者的住院难题得到破解，也使在四医院挂牌的广西艾滋病临床治疗中心（南宁）变成了拥有艾滋病内科、艾滋病外科、艾滋病妇产科、艾滋病中医科、传染病重症医学科、血液净化科、预防保健科、检验科及其他临床医技科室的学科齐全、规模较大、实力雄厚的自治区级艾滋病临床治疗中心。

邓建宁带领的团队充满积极向上的朝气。在他的指导和帮助下，年轻医生不断成长，李兆伟医生就是其中的出色代表。邓建宁推荐他去参加培训，带他去参加会议，介绍专家学者给他认识，鼓励他写论文、搞科研、考医师执照。而对于手术的一些关键环节，如手术解剖，腹腔镜、输尿管镜、肾镜等内窥镜的物理原理及使用技巧，镜鞘工作通道、微创器械的建立与应用，更是手把手地教，托着他的手让他尝试体会镜子锁定视野的感觉。台下模拟，台上实践，邓建宁都倾囊相授，让李兆伟的手术刀也能像水鸟掠过水面般灵巧。

邓建宁有个很厚的笔记本，记录着团队管理的具体情况。总的原则是按照三甲医院质量管理要点，螺旋式持续改进团队。在他和团队成员的分享中，涉及手术安全与质量、病体特征检查、医务道德以及沟通技巧等主题，正是这些正向的分享使全科工作有条不紊地开展。在采访中，邓建宁更多的是感激这个团队的精神与成员，对他自己的工作成就轻描淡写。他是一位实干家，具有献身精神和高尚人格。

三

40多年前，邓建宁出生于一个知青家庭，因为父母不在身边，他跟着祖母度过了十分单调而贫寒的少年时光，形成了自强、独立而又沉默寡言的性格。一种与生俱来的专注和独立思考能力使得他对事物的兴趣总带着对美善丑恶的鉴别。在那个年代，他因营养不足而发育欠佳，体质虚弱，流汗多，刚换上的衣服很快就会湿透。父母为他的健康而担忧，多处求医而不能根治，最后找到横县一位民间医生为他治好了病，他也恢复了正常少年应有的健康体质。对于这一段经历，邓建宁印象深刻，也因此从小立志做一个为民除病的良医。他认为，医生应努力成为人世间最有才能、最有良好品质的人，这样才能解除病人的疾苦，让幸福健康长驻人间，让生活充满欢乐。他认定这就是他努力奋斗的方向。他的父亲也叮嘱他，要做一位有德行的医生，这是他愿意选择的终生职业，也是人们迫切需要的职业。小小年纪的邓建宁就怀着这样的崇高志向开始了漫漫的求学之路。

他在高考考出了优异的成绩，毫不犹豫地选择了名校广西医科大学作为他增智求知的地方。在这里，医学光芒照彻了他的内心，他的人生之门豁然开朗：他掌握了复杂的医学术语，学习了传统的医学原理与现代医学理论，熟记一个个与人体、治疗相关的词汇，认知了医学史上以德为上的古训，厚植作为医者的怜悯之心、仁慈之怀……医术和新知交融一体，充盈了他正在吸纳知识与思想之泉的胸襟。大学时光匆匆而过，然而他求知的心情依然迫切。到南宁市第四人民医院工作后，他多次参加了医院组织安排的培训班，积极探究中西医结合的疗法，带着医疗实践中遇到的问题向专家请教、与同行探讨。在继续学习过程中，他认识了医学名师卢全书、彭民浩、卢榜裕、黎乐群、李志强、戴宗晴、李善清、周承能、陆志宏、许丁空、张联庆等，从他们那里习得医德医技。他牢记老师的教诲：医者，仁心；德者，责先。他认为，做一个医生首先要学会做人，做一个心怀悲悯、体恤患者痛苦的大爱之人。医生的动作和言语都能传达情感：尊重患者隐私，维护患者人格尊严，把脉、手术、施药、洗伤口、体检后整理衣服、掖好被子等，无一不是将人文关怀施播于患者，还他们生存的健康与快乐。在知识与医德的熏陶下，邓建宁的思想境界得到更大的提升。

在邓建宁看来，医生不仅要会做手术，还要善于思考，善于结合本院的实际将最新的医疗技术、治疗观念应用到临床治疗中，真正做到学以致用，真正把观念上的东西运用到实际中，发挥普惠民众的效用。这是一个技术、艺术与哲学相互渗透交融的医疗情景，邓建宁进入这个情景中，成为融会贯通的智者，开拓属于他的独具风格的医疗世界。他的敏锐与严谨、深刻与灵动、热情与包容，无一不是他的心灵与行动在职业上光照人心的反映。

邓建宁具有过人的医疗技术，这绝非偶然，这是他长期刻苦钻研和积累经验的结果。为了尽快熟悉手术中的缝合技法，他不断买来鸡蛋，打破鸡蛋，取其蛋白膜反复进行缝合练习；他还反复观看专家做手术的视频，参加学术讲座，请外科高手示范手术……同时，他还联系培训基地送年轻人外出受训，让团队技艺更精。他把读书学习当作充实自己的重要渠道，从中国古代诗词歌赋到现代医学科技知识，从医学、社会学到哲学、心理学、摄影、时尚美学……无不钻研汲取其精华，转化为思想的营养。他的成长之路，是一个富于理想和实干精神的具有崇高远大志向的医生的典范。他说，一个医生要具有工蜂一样的品质，善于吸收，努力进取。邓建宁的视野也在这样的学习中不断延伸而高远。他和他的团队凭借丰富经验不断挑战新高度，除了心脏手术和器官移植手术，基本已覆盖常见外科领域的1—4级手术。他们对传染病医联体患者进行救治，在医疗资源配置、人才培养上竭尽所能，还在防治艾滋病之后进行思辨性总结、公益性思考，以便造福民众。

邓建宁把全身心都贡献给了他所热爱的医疗事业，因为他牵挂着医院里遭遇病痛的每一个生命。他在办公室里准备了军用睡袋、防潮垫，随时准备着在这里过夜，与同事们救治病人。万家团圆的除夕和中秋佳节，他的女儿凭窗盼望却迟迟未见其归来。他总是教育女儿做人要有责任感，并告诉女儿说，做医生就是要把事情做好，做事要有始有终，不能半途离开。他女儿很懂事，很能理解爸爸，并以爸爸为荣。说起他亏欠女儿一份父爱时，这位刚强、勤勉的男子汉流下了热泪。但是，为了千万患者的安康，他甘于牺牲而无怨无悔。

邓建宁的医行、医德和医技受到广大民众的称赞，政府和有关机构也给予他应得的荣誉。2018年8月31日，由中国医师协会、白求恩精神研究会、《中国医学人文》杂志共同主办的第二届中国医学人文大会在北京举行。在会上，邓建宁荣获全国第二届“白求恩式好医生”称号。“他像白求恩那样追求职业理想，始终把患者利益放在心上。”——这是中国医学人文大会给予他的颁奖评语。之后，邓建宁还参加了河北太行山区白求恩纪念林植树活动，他是第三位种下红枫的代表，代表四医院种下了这棵意义非凡的红枫。那里是白求恩战斗时间最长和牺牲的地方，那里有白求恩和八路军战士骑马巡诊的大理石雕像、白求恩学校遇难学子的群雕。邓建宁凝视着这些雕像，联想起他们为了挽救更多人的生命而英勇牺牲、血流成河的悲壮情景，眼眶盈满了感动的泪水。他想到自己只付出些许却获得如此多的荣誉，一种奋发向上、一生为民的热忱又一次充盈了内心。此外，邓建宁还荣获广西卫生健康系统个人二等功。

面对荣誉，邓建宁说："没有吴锋耀院长和李志强主任的引路，我是走不到今天的，而且这一切也不是我一个人的功劳，而是整个团队的功劳。在光荣面前，我想得更多的是重新归零，我要做的事情很多，医疗技术水平、手术技艺还远远不够，要以更高标准鞭策和要求自己，要更加修炼自己，要培养更多年轻医生。我现在不单给艾滋病患者治病，还积极参与青少年艾滋病预防知识普及活动——因为年轻人是国家和民族的未来。"

邓建宁在学术上也取得丰硕成果。他是中国性病艾滋病防治协会外科学组委员、广西外科委员、广西血管介入外科委员、广西内窥镜腹腔镜外科委员、广西泌尿生殖外科委员。他还获英国牛津大学—北京佑安医院传染病专科医师资质。他具有扎实的医学基础理论知识及良好的临床操作技能，对艾滋病外科相关疾病的诊治具有丰富的临床经验，积极倡导多学科协作模式，为患者制订个体化的综合治疗方案。邓建宁钻研建立HIV感染者普外科及微创外科围手术期安全体系，专攻结、直肠癌及乳腺癌的外科传统治疗及微创治疗，对内瘘成形、嗜毒者股动脉瘤及周围血管介入和经皮肾镜、前列腺等离子电气化切除等有丰富的临床经验。他还参编《中国人类免疫缺陷病毒感染者围手术期抗病毒治疗专家共识》，是《临床外科学》第二主编，参与的课题获得广西科技进步奖二等奖，参加国家自然基金等国家重大课题研究，在省级以上刊物（含SCI期刊）发表论文32篇。

邓建宁，一个儒雅的医者，他拥有博大而崇高的情怀，闪烁着人类大爱永恒的光芒，率队为艾滋病患者提供外科诊疗服务，温暖人心，照亮人间。

以邓建宁为代表的传染病战线的医者秉持"为生命站岗"的

从业理念和工作信条，高扬着团结奋进、努力拼搏、敢为人先的团队旗帜。他们坚持学习、锤炼思想，以品德取信于民，以团队创造未来。

爱与奉献是这群医学工作者永恒不变的主题！

光明在前

南宁市第四人民医院原党委书记兰江长期从事党务工作，对医院的发展变化很有感触。笔者采访他时，从医院的过去、现在谈到未来。清晰的思路、明确的方向使得他和四医院领导班子紧密团结，把医院的工作不断地向前推进。

兰江于2004年8月5日从南宁市第一人民医院调到第四人民医院当党委书记，至2020年退休时已有15个年头。他刚到来时，四医院有职工400多人，床位360张，科室设置不完善，学科能力不强，医院影响力低，医疗设备、病房设施陈旧。医院通往外面的道路也很狭窄，路两旁的茅草长得比人高。跟条件良好的南宁市第一人民医院相比，反差太大了，根本不是一个层次的。面对这样的困境，兰江想到自己是党员，要服从组织安排，所以并没有退缩，决心和大家一起同心协力，把工作向前推进。他觉得，四医院没有繁荣的景象，却恰好是可以有所作为的地方。他把医院比作一盏灯，让人看到光芒。来到医院的人，需要这种光来温暖自己的生活。作为医院领导，他有责任让这光芒更耀眼。

医院的工作很庞杂，分工很细，人人各司其职又相互联系。

2005年至2008年年底，那时吴锋耀院长还没到位，四医院的领导班子人员不齐，兰江任四医院的党委书记兼法人代表，当时虽然只能做一些基础性工作，但也有了短期、中期规划和长远的目标。兰江带领大家解决了一些困难和问题，使医院的发展进入了循序渐进的良好局面。他经常跟大家说，时势逼人，机会匆匆而过，做医院管理工作也必须抓住时机才能有所发展，等、靠、要是不作为的表现，只有积极行动，才能把医院工作做得有声有色。兰江书记把医院工作提到与时俱进的高度来看，他认为，随着形势的变化、社会的繁荣和人们意识的增强，医院的各项措施和设施也要完善，服务意识要增强。

2008年年底，吴锋耀院长到位，领导班子备齐，四医院大干快干，发展走上了快车道。这些年医院党组织的建设坚持“党建促发展，发展强党建”的工作思路，发挥党建引领作用，推动医院各项事业迈上新的台阶。

医院的领导班子非常注重文化建设。2008年10月，兰江书记带队去北京佑安医院、北京地坛医院取经，还到了当时医院文化建设做得比较好的山西运城市传染病医院走访，回来后兰江书记就想着要搞好四医院的文化建设。吴锋耀院长来到四医院后，他的想法与兰江书记的想法不谋而合，决心下力气做好医院文化建设。经过广泛征集、甄选和提炼，四医院有了自己的院徽、院歌、院旗等，并启动发布仪式。院徽、院旗、院歌、院训、办院理念、医院精神、核心价值观以及愿景等一系列文化元素诞生，给四医院文化建设注入了灵魂，展示了四医院的优良文化传统、管理理念、特色与成果，增强了医院职工的凝聚力和归属感。如今，“为生命站岗”的核心价值观已深入职工心中，全院职工不仅将“勇于担当、甘于奉献”的医院精神融入日常工作中，而且还体现在医疗服务上。同时，医院党委以打造先锋文化为抓手，推进党的先进性建设，涌现出“‘抗艾’先锋”杜丽群等一些极富正能量的先进典型。杜丽群荣获了白求恩奖章、全国五一劳动奖章、全国医德楷模、第45届南丁格尔奖、全国最美医生、全国先进工作者、全国优秀共产党员、全国三八红旗手等荣誉，两次受到习近平总书记的亲切接见，光荣当选为党的十九大代表、主席团成员，当选为第十三届全国政协委员。在杜丽群精神的影响下，医院涌现了一批先进人物，如2017全国十大女性人物、精准扶贫优秀第一书记杨修凯，全国人文医生吴锋耀，全国“白求恩式好医生”邓建宁等。四医院还培育了一支享誉区内外的志愿服务队伍——杜丽群党员志愿服务队（南丁格尔志愿服务队），这些年，志愿服务队进社区、学校、工地、农村，开展健康讲座、义诊、慰问、捐款等活动，先后被评为南宁市优秀志愿服务队、自治区优秀志愿服务队、全国优秀志愿服务队。

兰江书记深知，文化是一股内驱力，具有强大的引领力，他经常深入各个科室检查文化建设情况，查漏补缺。此外，兰江书记还发扬医务人员的工作风格，用优良的作风和先进人物事迹教育进入四医院的新员工，提高新员工的职业认知。对于工作水平与职业素养待提高的人员，兰江书记更是关注，他通过谈话和组织学习等方式，发现问题及时纠正，积极营造四医院好学、求真、争先、创优的氛围。

作为党务工作者，兰江书记总是能够把问题联系起来而不是孤立看待。他说，世界上孤立的事件是不存在的，即使存在也会失去意义。中国医疗事业是中国共产党以人民为中心的思想在具体工作中的体现，医疗工作是社会和谐稳定的重要保证，和人民群众的切身利益有着十分密切的关系。医院不但要做好救死扶伤工作，还要围绕中心、服务大局，做好党的中心工作，比如对口支援扶贫工作。从21世纪初开始，十多年来，无论是对口支援乡镇卫生院，还是参加社会主义新农村扶贫工作，四医院都高度重视，将其看作是分内之事，当成一项事业去抓，用心、用情、用力去做，抓出了成绩，抓出了影响，打出了品牌——四医院连续7个周期获得广西壮族自治区、南宁市对口支援工作一等奖。现在的四医院是城市医院对口支援农村卫生工作的一面旗帜。

精准扶贫是南宁市第四人民医院抓得很出色的一项工作。2015年9月，四医院选派杨修凯到南宁市邕宁区的百济镇新平村当第一书记；9月30日，兰江作为医院党委书记亲自带杨修凯去报到。当时村民看到来的是一个女同志，有点失望。他们与村委干部开座谈会时，村干部说以前也有扶贫工作队进村帮扶，但是村民们期待的事项没有得到落实。村委干部对杨修凯说："你来这里这两年，不用帮我们很多，就帮我们修两条路，你就很了不起了。"当时修一公里的路大概要20万元，压力很大。在医院党组织的支持和鼓励下，杨修凯没有被困难吓倒。她和驻村队员全身心投入精准扶贫工作，想方设法跑项目，争取企业支持。在上级党委、政府和医院的大力支持下，两年修了通往28个屯坡的25公里乡村道路，发展了3个产业，成立了3个合作社，带领村民脱贫致富。2016年12月，新平村摘掉了贫困村的帽子，成为邕宁区精准扶贫工作的典范，村党支部被城区党委组织部评为五星级党组织。南宁市第四人民医院也因此被邕宁区评为"脱贫攻坚先进后盾单位"。杨修凯的先进事迹被中央电视台和《中国妇女报》等各级主流媒体报道，被中国妇女报社评为2017十大女性人物，登上了"2018年花开中国时代女性榜样"榜单，并受邀参加央视《花开中国——CCTV时代女性盛典》节目录制。杨修凯还获自治区党委授予2016—2017年度脱贫攻坚先进个人、2016—2017年度全区优秀贫困村党组织第一书记等称号。2018年1月，杨修凯被提拔为南宁市纪委驻南宁市卫生健康委纪检组组长。这深刻体现了集体和个人的相互成就。一方面，在扶贫攻坚战中，作为后盾单位，四医院党组织高度重视精准扶贫工作，选派能力强、素质高的同志担任第一书记和驻村工作队队员。另一方面，四医院对第一书记和驻村队员的工作全力支持。四医院每月都有一名院领导带队到村开展调研、指导。4年来医院筹措资金40多万元，采购贫困户4000多只鸭子；3次组织全院职工开展捐款活动，募集善款20多万元，用于村委办公场所环境改善、建水井、修篮球场、帮助贫困户等；11次组织专家到新平村开展义诊、卫生宣教、上门送医送药等活动，同时为因病致贫的贫困户建立健康档案。每年除夕，兰江书记与吴锋耀院长都会轮流到扶贫村与五保户、孤儿吃年夜饭，加强了人民医院与广大群众的联系。

抓人才队伍建设、提高医术水平是医院的核心事务。在这方面，兰江书记和吴锋耀院长达成高度一致的共识。在他们的安排下，整个医院医疗队伍实行分期、分批的学习，有针对性地进行技术骨干的培训。在他们看来，一个医院要发展，医生素质永远是首位的，没有高明的医术就难以应对复杂多变的疾病，难以承担救人于危难的重大责任。他们在人才培养方面下了很大的力气：一方面大规模地开展院内培训，开设“周四讲堂”，请国内著名学者和院内专家讲课；定期对中层干部进行培训，曾于2019年7月15日到19日组织所有中层干部到南宁学院封闭学习了5天。另一方面注重人才培养模式的“送出去”：一是鼓励医护人员出去参加学术会议；二是鼓励医护人员参加短期培训班和临床进修；三是鼓励医护人员出国学习，2018年医院选送了10名医生出国学习，2019年又选送5名医务人员出国学习；四是与广西医科大学联合办研究生班。2020年医院有两个年轻医生考上了博士研究生，医院给予每学年10万元的奖励，学成归来医院再奖励20万元，共50万元。医院还坚持在实践中锻炼培养干部，把年轻干部派到对口支援扶贫一线锻炼，在应对突发传染病卫生事件中接受考验。

四医院党委高度重视职工生活的改善，5年来全力推进危旧房改住房改造项目这一最大的民心工程，完成5栋高层建筑（包括716套住房）的建设，解决职工住房困难的问题。医院还组织暑期幼儿托管班，解决职工子女暑期无人看护难题；执行女职工哺乳假暂行规定，休满4个月产假，仍有困难的可以继续请哺乳假休满一年。逢年过节，院领导前往慰问患病的老职工，为离退休老党员庆祝生日，深入病区慰问一线医务工作者。工会还向职工发放“扶贫鸭”等节日慰问品。医院对考上重点中学、大学的职工子女给予奖励，主动联系职工子女就读定点学校。这些政策的实施，大大提升了职工的获得感和归属感。

加快推进基础设施建设，使患者就医体验有效改善。近年来，四医院相继筹建了甲类传染病负压病房、医技楼、广西艾滋病临床治疗中心（南宁），到2015年11月全部投入使用。此外，四医院还建成基于微信及支付宝平台的网上业务服务平台，完成智慧社保一卡通平台建设；各门诊成功实施检验结果自助打印，感染门诊率先实现保护病人隐私的临时队列叫号；投入1385万元购进的核磁共振已经投入使用。同时，新建医院大门，修整院内道路，美化、亮化院容院貌，在长堽路二里拓宽工程建成通行后开设便民车，从医院到公车站免费接送病人，极大地改善病人的就医环境，提升了病人的就医体验。

南宁市第四人民医院最早收治艾滋病患者是在20世纪90年代，第一例的艾滋病病人是一名非洲留学生。到21世纪接收的艾滋病病人逐渐增多，2004年以后，每年有200例左右的病人。四医院开始时没有专门的艾滋病科，就在肝科腾几间病房给艾滋病病人住。2005年年初，医院已经考虑成立艾滋病科。2005年6月

7日，正式成立了艾滋病内科。后来病人多了，慢慢碰到一些外科的问题，出现艾滋病病人涉及合并外科疾病，兰江书记等领导带领四医院医生为此做了大量的应对工作，加强对艾滋病外科人才的技术培训和相应医疗设施的基础建设。

兰江书记说，他和吴院长共事11年，这些日子里，他们开诚布公、坦诚相待，互相支持、配合默契，共事非常融洽，相处非常愉快，结下了深厚的同事情谊。平时，有什么事他们都一起商量，互相尊重，在党委领导下各司其职：党委的事书记牵头，行政的事院长牵头，需要研究的事项在会前党政一把手一定事先沟通好，统一思想和意见。在医院党委的领导下，四医院形成了一个站位高、讲政治、讲大局、团结奋进的领导班子，打造了一支为生命站岗、勇于担当、甘于奉献的传染病防治队伍。

兰江书记表示，现在医院立足三级甲等专科医院的新平台，向着更高更远的目标迈进，需要全面提升医院的管理能力和技术水平，不忘初心、牢记使命，秉承该院“为生命站岗”的核心价值观，发扬“勇于担当、甘于奉献”的四医院精神，坚持“改革兴院、人才强院、科研立院、特色塑院、文化固院”的办院理念，一步一个脚印朝着将医院建设成为“立足首府、服务广西、面向东南亚，紧跟‘一带一路’，国内一流的现代化三级甲等传染病医院”的美好愿景奋勇前进。

“光明在前。”兰江书记满怀信心地说，他宽厚和善的脸庞映着明亮的阳光。

责任高于一切

一

50多岁的大外科主任李志强，毕业于中国人民解放军第一军医大学，学士学位，目前是四医院外科学科带头人，中华医学会普外学会会员、广西胸心外科医师协会委员、南宁市胸心外科医师协会常委。他从事临床医学工作30余年，具有丰富的临床工作经验，擅长胸外科、普外疾病的救治。

2020年端午节的前一天下午，在没有预约的情况下，笔者来到四医院1号楼5楼的大外科主任办公室。李志强正在电脑前思考着什么，严肃而坚毅的眉宇下，一双眼睛投来敏锐而温和的目光。笔者对他说明了来意，他很谦虚地说："我没什么好写的，多写年轻人。"

从第一军医大学毕业后，他首先到了原南宁市303医院工作，军龄足足有22年了，1999年他转业从303医院到了四医院，任外科主任至今。在303医院时他已经是技术了得、受人称赞的外科医生，到四医院后得到了更多的经验积累。他把丰富的临床经验传授给年轻人，带出很多优秀的外科医生，其中包括获全国第二届“白求恩式好医生”称号的艾滋病外科主任邓建宁。

四医院大外科包含普通外科与艾滋病外科，两者均为手术科室，虽然病房的日常管理是分开的，但手术时医护人员会相互配合，实现优势互补。这么多年来，李志强做了多少手术，已难以统计。他既亲自持刀动手术，又指导医生们做疑难手术。

有个肝癌患者，12年前确诊肝癌，做了肝癌切除术，后来两次发现肝癌复发，又两次手术切除。在救治这个病人的过程中，李志强跟病人成了很好的朋友。后来，病人再次肿瘤复发，病人及其家属坚决要求李志强做第四次手术，但由于严重的凝血功能障碍，病人手术后渗血不止，没能抢救过来。为此李志强很难受，反而是病人家属来安慰他：“李主任，因为你的治疗，她多活了这么多年，已经很好了，我们都很感谢你。”但李志强还是感到很遗憾，医学上的付出和收效有时候不一定成正比。

在病人心中，自然有一杆衡量医生的秤。2019年初，有一个60多岁的病人来住院，没有家属陪护，问他住哪里、叫什么名字，怎么问他都不说，也就无法联系到他的家人。病人行动不便，不能自理，都是李志强及医生护士们轮流帮他买饭，护理他大小便。病人看到医生护士们为他做了这么多，感动了，主动说出了亲属的电话。联系上了亲属，病人的病情好转出院时，亲属对外科的医护人员很是感谢。

“主任，快点！”那天，笔者和李志强主任正在谈话中，门外有个护士急切地叫道。笔者还没反应过来，李志强已经飞速冲出了门口。过了一会儿他回来了，说：“做医生就是这样，第一反应要赶紧跑，必须争分夺秒，马上去抢救，跑步过去就争取了很多时间，这就是职业病。”当天是一个做了手术的病人，可能活动时不注意，导致引流管移位，李志强跑过去后移正过来了。

在一个优秀医生的心中，手术无论大小，都很重要。任何一个手术，只要李志强在场，都可以有条不紊地开展。他告诉年轻医生们，把所有能力都施展出来，把患者当作可以得救的对象，这样才能取得良好效果。他作为外科的一把手，不仅有着久经考验的临床经验，更具有能冷静地应对一切突发事件和解决一切危难事件的勇气和信心。正由于他具有这种处变不惊的素质，表现出非凡的能力，又敢于承担责任，他深受医院的重视和同事的爱戴。

二

在长期的从医生涯中，李志强积累了丰富的经验，形成了一套有效的管理方法。他认为医生除了要敬业，还要有良好的医疗技术，才能更好地为人民服务。因此医生要提高本领，把心思多放在医疗工作上面。看到优秀的医案，他经常问自己：你做到了吗？做到了，那你可以做得更好吗？他教育年轻医生，要多花点时间在病人身上，把方方面面的工作做到更细，比如给病人开药后，要跟进，要了解沟通，这样才能更好地掌握病人的病情变化。

李志强主任把医生职责与医生精神融为一体，他特别强调：敬业精神不是一句口号，应该从各个细节体现出来，成为医生的习惯和自觉行为。

“医生之间更要讲团结互助，形成默契。每天交班我都要认真听主治医生们讲所有的医疗思路，组织大家讨论对于各个病人我们应该注意什么。各病房病人病情轻重、病情变化，我都了如指掌。这样一碰，昨天到今天的医疗工作存在什么问题，对危重病人可以怎么去做，就都出来了。我们都做了这么多年医生了，一听就能听出很多问题来。因为我们涉及的学科比较多，尤其要重视医疗安全。”李志强谈职责总把医患两者紧密联系起来，他认为，医生竭尽全力救助病人是对生命的尊重，也是尽职尽责的表现。

对于比他年轻的医生，李志强非常信任，也非常爱护。他说：“最应该写的是年轻的弟兄们，我就是一个保驾护航的人。这么多年，我把所学的东西毫无保留地教给他们。外科医生需要积累。我相信他们积累到我这个年纪的时候肯定比我还要好，比我厉害。加班是常有的事，对我们医生来说很平常。我看到他们的成长就高兴，技术掌握了，对病人能用心我就更高兴。我大他们好多岁，邓建宁主任才45岁，马杰主任才41岁，所以我把他们当作我的孩子。”提起他的得意弟子们，他满脸的自豪。他对比他年轻的科室主任的工作给予充分肯定，体现了他有才而又爱才的宽阔胸襟。他希望年青一代在实践中青出于蓝而胜于蓝。

“我们外科这么多年都很团结，做什么事情，只要是院里要求的，大家都愿意去做，没有人只顾自己，也从来没有背后说是非的。大家共事一场，有问题摆到桌面上来讲。我这个队伍是最稳定的，大家都不愿意离开外科，钱多钱少没关系。我觉得这样很好，我们是一个大家庭，像亲人，也像战友，你不团结你能打仗吗？这是无硝烟的战争，唯有团结，才有战斗力。现在外科医生人不多，韦副主任已考上博士研究生，有一个医生正在北京进修要一年——光跟我学也不行啊，很多先进的技术理念也要去学回来啊。”李志强说。

正聊着，有人敲门进来，原来是吴锋耀院长。他见到笔者正采访李志强主任，补充说：“外科在我们李主任带领下，做成了很多风险很大的手术，他带出了一个很好的团队，带出了很多年轻医生，邓建宁就是他徒弟。”

笔者说："李主任劳苦功高啊。"

李志强谦虚地说："不不，功劳都是弟兄们的。"说完又转身对院长说，"院长，我今天办住院了，想全面体检一下，两年没做体检了。"

"好，住下好好检查一下身体。"吴院长说。

"准备用上工休假，我去年的假还没有休。"

"那你就休，休一年的就够了。"

"院长，我来医院20多年，就休过一次年假。"

"我也没休，不敢休。"吴院长笑着说。

笔者问："吴院长你也不休年假？"

吴院长淡淡地说："是的，没时间休，也习惯了。"

吴院长接着又说："不打扰你们了，你们继续，我去看个病人。"说完就走了出去。

李志强看着吴院长的背影说："院长也是从来没工休过，双休日、节假日、春节都在医院过。吴院长的思路都是很超前的，就像医院的口号一样，'立足首府，面向东南亚'。技术、科研、医院发展的定位等方面，全国的传染病医院里，像我们医院综合水平这么高的不多。我觉得他的理念很不错——首先要自强，然后才能自立，才能打出自己的品牌。

"院长每天都能掌握重要的动态，及时发现重要的问题。每天一早，6点就出门，7点前到医院，然后每个病房转一转，看一下有多少病人，都是什么病情。不是一天两天这样做，而是坚持这么多年，做得确实不错。医护人员及直系亲属住院他都亲自去看，再忙也会去看；哪个家庭的孩子考上大学都有补助；办暑期幼托班，专门请老师来教，解决医院职工的后顾之忧，孩子有地方待了，职工才有心思干活；新建的职工楼，没有房的、有房但不达标的都有份……

“他最大的功劳是促成了医院员工精神面貌的改变。医院凝聚力强，向心力好，拧成一股绳。这涉及一个团队的管理，透过这种管理模式和团队精神，可以体会到四医院医护人员卓越的工作能力和献身精神。”李志强说得恳切。

对上尊敬，对下关心，谆谆教诲——这就是李志强。他将几十年锻炼成的医术医德传承给青年一代，给他们提供施展才能、健康成长的机会。

三

对于医生的责任和医学的内涵，李志强有更深的认识。

“我们是医生，我们不是神仙，但是我们要做到问心无愧，不留有遗憾。在现有的条件中，我们要把所有最好的给到病人，要尽我们的能力去做到最好。”李志强承认医生并非万能。世上没有人可以把所有事情都处理得圆满。而全心全意做了力所能及的事情，就不会留下遗憾，也就尽了医生的责任。医患之间的信任，也就建立在这基础上。

“我们医疗行业有个核心制度叫首诊负责制，病人第一次看病找的医生或医院就叫首诊。原来谁都不愿意做艾滋病手术，就让首诊的人来负责。别的医院一查出病人得的是艾滋病就叫到四医院来，后来这种事情出现多了，你不解决怎么办呢？医者仁心，做！这是没有硝烟的战场，反正我是当兵出来的，怕什么？留神一些，当心一些就行。有时手术遇上技术难题，303医院的医生也过来帮忙。吴院长说，还是解放军不怕死。现在虽然一般手术由下级医生完成，但难度大的还是我做。经过多年的摸索，我们总结出来一套规范的艾滋病手术防护体系，邓建宁主任在外讲课或做学术交流时常讲怎么去做艾滋病防护措施，深受欢迎。

因为每个医生都有可能碰到这样的情况，碰到突发事件。我们医院有个专家组，专门研究职业暴露后怎么评估风险，怎么吃药。职业暴露对家庭的影响非常大，遭遇职业暴露的医生，只有等你复检后没事了，你的心才能放下。好在家属们都能理解和支持我们。毕竟我们是医生，我们不救病人谁救他们？他们有健康权和生存权。”李志强说。

正说着，一个护士敲门进来问：“主任，现在抽血吗？”

李志强问：“现在？”

护士回复：“嗯。”

李志强说：“抽吧。”

护士端着装着抽血器械的盘子进来。李志强伸出手，让护士抽血，抽了一管又一管。

见此情景，笔者问：“李主任，您这是身体不舒服？”

他很不在意地说：“我现在是住院期间，在抽血做检查，我近段时间身体不适，颈椎有问题，又有两年没体检了，我爱人就催我住院检查了。”他说这话的时候像在说别人一样。我问他为何不住进病房里。他说，用不着在病房躺着，还要处理很多事情。

正说着，护士已抽完几管血，问道：“主任，那拍CT是我帮你约还是你自己下去约？”李志强说：“下周一再说吧，明天端午节放假，不要让弟兄们那么忙了。”

“我办住院的时候，医保科办公室主任黄丽群说了：‘李主任啊，你现在办住院的话，不行的哦，你不能一边工作一边住院哦。’但我们几个医生病了都是能坚持就坚持的——当然不主张带病工作，但是没办法的情况下，我还是尽可能做我力所能及的事情，看个片，看个病人，总能够做的，因为这个工作不是自己的，是大家的。”李志强说着，对他自己的身体健康问题轻描淡写，“50岁以后应该每年都体检的。我肩背痛，高血压，又有颈椎病，供血不足，会头晕。但因为太忙了，都顾不上，这次是爱人催着我才来住院检查的。等自己不舒服了才去检查，就错过这个时机了。”

李志强的爱人是手术室的护士，也是四医院的职工，他们在工作中十分默契地完成每一个手术。生活中的夫妻感情，在手术室转化为荣辱与共的工作关系。他们是四医院怒放光华的双星。

“我爱人是手术室的护士，她接触艾滋病手术比我还多。穿针引线，要什么递什么给你，刀、剪刀、针，放到一个方盘里，让医生自己拿，锐器、沾血的纱布和器械她也要处理。做手术时我们就是工作中的同事关系，忘记了这是自己的爱人，根本没有别的情绪和想法。做手术是非常需要集中注意力的，特别是做到非常难的阶段，所有的精力都在上面。我跟新手医生说，如果你们能够听到主任跟你们开两句玩笑那就是风险过去了，你要是一点声音都没有听到，所有的人表情都很凝重，整个空气都很凝固的时候，那就是相当危险了。关键的时候是没有声音的。”手术是一场无声的较量，是跟时间赛跑的神圣时刻。在手术室里，对于生命的尊重远胜于亲情，也远超于个人的荣耀。

四

“最困难的是艾滋病感染结核病的处置：血管都粘成一团长在一起了，分出来和找出来的过程比较难。血管薄，管径大，压力高，一旦出血就非常危险。前两周，有个肺结核病人，下级医生其他位置的手术都做好了，就有个地方不敢动，因为肺组织、支气管、血管形成硬邦邦的一块，又有疤痕，稍有不慎就会爆裂。那个时候手术室就是没有声音的，像绣花一样，怎么迂回，怎么包围，很讲究——那里离心脏非常近，贴住心脏的，空间又小。做手术有两种累：一种是体力累，一种是心累。有时候手术难度大点，要花费的时间长，我们都是这么干过来的。”李志强说。

“如果一个病人来住院却又没有钱，怎么办？”笔者问。

李志强说：“先救命，病人需要救命的时候，不要讲钱，先救命再说。欠我们科住院费用的病人不少：有的是实在没有钱；有的是溜了，说下去吃个米粉就不见人了。还有来不及办手续先住院救命的，也没有陪护，处理完不出血了，再叫病人去办手续，有的没办手续就跑了，有的是办了手续住了两天说回去拿钱就不见人了。如果是病情比较重的，我们医院有绿色通道，先进来救命。我们登记册上有很多无名氏，有的病人用假名，查也查不到；有的病人治好了，没地方送，没有家，不知是哪里人。有些病人反复住院，打电话给家属，家属接一两次，以后就不接了，完全关机了。”

“艾滋病的传染途径主要有三种。以前是吸毒共用针头导致感染的比较多——那时候条件不好，针头难找。现在这种情况少了，主要传播途径是性传播，老人感染的很多，特别是孤寡老人。现在为什么是老人居多呢？因为留守，孤独，生理需求……社会还是有阴暗角落，有些人就是在那里被引诱上当而感染上的。”李志强谈到艾滋病感染时很痛心，“还有的病人会有这样的想法：到这种年龄了，也不在乎了。其实，感染到发病，可能得八年，但是再用药，病人可能又能多活二十年、三十年，那都能活到一百岁了。所以加强艾滋病防治的宣传很有必要。”

“治疗过程中，也有病人和家属提出不合常理的要求，比如有的病人家属说，一定要把手术做好，不能出问题！这个到哪家医院都不能保证，治疗的风险是大家一起承担的。其实做医生有时也像在开车，你不撞别人，别人来撞你，你能怎么办？只能是你别把刹车当油门就行了。这种也不可能换个医院，别的医院也不愿意收传染病患者。如果碰到这样的事，我们就请上级医院的大牌教授来做手术，满足了病人的心愿和心理需求，病人就得到一个极大的安慰。”李志强说。

医生要善于处理各种关系，围绕着“医治”这个中心创造有利的条件，在医患之间架起信赖的桥梁。李志强是这么想的，也是这么做的。

无国界治疗

黄绍标是四医院艾滋病科原大科主任，他中等身材，有着学者的风范，是医院的元老了。他本已退休，吴锋耀院长爱惜人才又返聘他回医院继续发挥余热。他说他只是做幕后指导，引领年轻的医生们少走弯路，去赶超国内外艾滋病临床诊治水平。他说起四医院刚接诊艾滋病患者那段艰苦的历程，仍然感慨不已。他说，刚开始时，医院的经验、人员、实验诊疗设备均不足，公众对艾滋病缺乏了解，不但对艾滋病患者极度恐惧和歧视，也对从事艾滋病救治的医院有疑虑，医务人员需要承担极大的心理压力。

黄绍标接触艾滋病是比较早的。2000年，有一位患者因为乙型肝炎住院，做检查时查出他因为卖过血感染了艾滋病病毒。当时就有计划按照艾滋病来治疗，但因治疗艾滋病的药物匮乏，他们只好给这个病人先用其他免疫疗法，再用保肝药物治疗乙型肝炎，并交代这个病人要注意卫生，保持良好的生活习惯和心态，延缓艾滋病发病的进程。

那年，正好有个到北京学习艾滋病诊疗的机会，领导问黄绍标愿不愿意去学习。黄绍标知道，作为一名传染病医院的医生，对艾滋病的诊治是回避不了的，与其被动地去接受，不如主动去了解，于是他就去学习了。学习回来后，他对艾滋病有了一定的了解，开始在院内外宣传艾滋病防治知识。

后来，有一个艾滋病患者出现病症，在当地治疗多次，效果都不理想。病人的大哥见治疗无望了，就问他："你最后还有什么想法?"病人说："我还没到大医院治疗过，死不瞑目。"当时广西还没有治疗艾滋病的专业医务人员及医院，病人说的大医院是指"北上广"的专科医院，但因为他的身体状况不宜出远门，就来到四医院就诊。那个病人来后，医院就叫黄绍标为其诊断治疗，诊断的结果是艾滋病合并肺孢子菌肺炎。当时没有抗艾滋病的药物，就用复方新诺明抗感染。一个多星期后，病人慢慢好转了，可以出院了，医院通知他大哥来接他出院。他大哥以为是通知他来办理后事，没想到是来接弟弟出院。当时接弟弟出院，那位大哥感到很为难，因为那时人们一听说艾滋病就觉得非常恐惧，带他回家不知道怎么安置才好。

但对于一个传染病医院来说，艾滋病是不可回避的。到2002年，我国最早的艾滋病病毒感染者逐渐进入发病期，需要医疗救助的艾滋病病人慢慢多了，上级卫生部门就要求四医院要有一定数量的病床来收治这些病人，于是四医院继续选派医生去培训。2003年，医院派出的艾滋病专业进修人员回来，又在市场上采购到国产抗艾滋病病毒药后，就开始对艾滋病病人进行规范的抗机会性感染治疗和抗艾滋病病毒治疗。

随着艾滋病疫情的扩散，各种身份的人都可能感染上艾滋病病毒，农民、商人、学生，甚至白领阶层，都有可能不慎感染成为艾滋病患者，他们无差别地同处于一个治疗环境中，感受着治疗过程的种种境遇，痛苦、迷茫，也有欣慰。

艾滋病在人类病史上属于一种新的病种，人类对其认识有一个过程，从最先的无知到恐惧再到理解。艾滋病能够得到有效的预防和治疗，成为一种可以预防和治疗的慢性传染病，医生针对艾滋病的医疗水平也相应得到提高。

2004年，无国界卫生组织在广西CDC（疾病预防与控制中心）建立了艾滋病门诊，为艾滋病病人进行免费治疗，需要住院的则到四医院治疗。门诊病人由无国界卫生组织和广西CDC一起管理，无国界卫生组织提供技术和药物支持。2004年3月起，国家免费提供抗病毒药，广西开始拿到免费抗病毒药。到2005年初，抗艾滋病病毒治疗都集中在广西CDC的艾滋病门诊进行，一部分用国产的药，一部分用无国界卫生组织的药。2005年2月，广西CDC发现艾滋病病人太多了，开始要求四医院开展艾滋病的抗病毒治疗。2005年6月，四医院建立了艾滋病专科，进行机会性感染和抗艾滋病病毒治疗。

“最难的是机会性感染的诊断，当时实验室等各方面的条件比较有限。病人发病，免疫功能都很低，我们必须把病人的血样标本采集后才能按病情进行经验性治疗，然后再根据进一步检验结果进行调整。那时医院按照诊疗设备条件及检验技术形成了一个比较规范的艾滋病内科诊疗程序，但要更加准确地做出临床诊断和治疗，还需要请外科医生对艾滋病病人做活检及手术治疗。当时许多外科医生对艾滋病非常恐惧，都不敢为艾滋病病人提供服务，邓建宁主任就主动配合我们服务艾滋病病人，有病人需要外科会诊或需要做手术时，他都是随叫随到，敢于担当。曾经有几个病人的手术，操作的时候要冒一定职业暴露风险，他都愿意去做。外科给了我们内科很大的帮助。”黄绍标说。

黄绍标又一次提到了标兵式医生邓建宁。邓建宁的有效施治，打破了病人在内科与外科就医的严格界限。在四医院，邓建宁会出现在任何一个需要他的地方。

为了消除医生对艾滋病的恐惧心理，四医院规定，凡是年轻的医生都要到艾滋病科轮转，轮转结束后愿意留在艾滋病科的可以留下，如果不愿意也可以离开。当时艾滋病病人的外科手术都是邓建宁来做，一有什么需要外科帮忙的都请他。后来，年轻人轮转了几次，接触了艾滋病病人的手术，培养了胆量、积累了经验，也开始做小的手术，如皮肤活检、创伤缝合等。随着病人越来越多，病人对外科手术的需求也越来越多，医院委托邓建宁组建艾滋病外科的时候，一些经历了艾滋病外科手术洗礼的年轻人也愿意加入进来了。

艾滋病外科手术治疗与普通人群的手术治疗存在较大的差异，须手术治疗的艾滋病病人大多身体虚弱、病情复杂，术后并发症的概率及病情的不确定性远大于普通人群，因此只有在诊断和治疗上得到内科医生配合后，年轻的外科医生才有底气为艾滋病病人进行手术治疗。随着时间的推移，经过一段时间的积累，四医院艾滋病外科诊疗技术慢慢提高，晚期病人的健康得到逐步改善，病情得到控制。

几年以后，四医院里做艾滋病手术的团队慢慢地就以外科医生为主了，但只要外科有需要，内科医生也一样去支持和配合他们。

在给艾滋病病人进行手术时，内科医生、外科医生和护士都存在职业暴露的风险：一是器械直接刺伤，二是病人的体液及其污染物飞溅，所以医护人员要做好防护，严格按照操作程序来预防，一旦发生意外，必须及时用药。

除了职业暴露，医生和护士还需要面对另一种压力：一些患者因为有病在身，难以承受心理的重压，会将过激情绪发泄到医护人员身上。很多年前，门诊的李医生就被病人打过一巴掌。当时，门诊来了一对夫妻，男子得了艾滋病来拿药，他的妻子曾经做过一次检查，但已经间隔很长时间，李医生记得她，这次他们夫妻俩一起过来，李医生就问是否给她再做检查。病人一听就认为是在歧视他，立马挥起手掌一巴掌打在李医生的脸上。艾滋病患者的配偶是有义务每年进行一次复查的，所以李医生这么问也是合理的，但是没想到遭到这样的攻击。后来黄绍标问病人为什么这么做，病人也说不出所以然来，只是说那个时候听到医生这么问就心烦。黄绍标就对他说："如果你把医生都得罪了，大家都不愿意为你提供治疗，你怎么办？"病人才发觉自己做得过火了。

对于艾滋病病人的诊断治疗要花费医生更多的精力——同样是发烧，艾滋病病人的情况更加复杂。普通人因为细菌感染发烧，服用一种抗生素就好了，而艾滋病病人同时服用几种抗生素，七八天都好不了。病人的身体一出现异常就处于恐惧状态，经济压力也大，怎么说服病人配合治疗？这也是让医务人员头痛的事。

有一个病人在深圳打工，攒了不少钱，被诊断患艾滋病后，觉得人生没希望了，就大把大把地花钱。最后连回家的车费都花完了，就一边乞讨一边走回来，快到南宁时晕倒在路边。路人打了120，救护车拉他到了四医院。当时他是因饥饿过度而昏迷的，补液后就醒过来了。他醒来的第一句话就是："你们别浪费精力财力了，我就是废人一个，不用再救了，把我放在外面让我自然死了就算了。"护士给他打吊针，他马上就拔掉针头，三番五次如此。有些病人则是表面配合治疗，医生一转身他可能就会跳楼了，这都需要医护人员去做心理疏导。因此，四医院注重规划程序流程，同时要求医生和护士在病人住院期间一定要做好病人的思想工作，做好诊断前咨询、诊断后咨询、治疗前咨询和治疗后咨询，尤其重视艾滋病诊断后的跟进咨询。住院的病人大多数都是因机会性感染而入院，进行抗病毒治疗之前也要进行咨询。医生和护士主动去了解病人的心理状态，及早和病人进行沟通，会节省很多沟通成本。

艾滋病病毒对病人的攻击是无差别的，四医院医护人员对于艾滋病患者的救助也是无差别的。黄绍标和他的同事们主动架设起一座座连心桥，将温情传递给患者，帮助他们重新树立生活的信心。这样的温情可以跨越人群，跨越国界，跨越病魔的威胁。

复苏在生命的刀尖上

医生也不是天生就对医学感到熟悉的，只有融入其中并对这份职业产生感情时，原本陌生的东西才成为生活的内容，并且产生无尽的创造力。

只有怀揣对生命之敬畏，对医学之无比热爱，时刻牢记内心的信念，才能在这物欲横流的时代坚守梦想。

——题记

一

2001年，风华正茂的梁茂裕来到四医院工作。家人觉得这不亚于“深入虎穴”，天天都与“危险病号”打交道，都劝他别去了，但他还是毅然坚持。2004年，医院开始收诊艾滋病病人，但他不以为然，觉得艾滋病是内科病，跟他所从事的外科工作搭不上界。未曾想到，真有一天，他竟然也会接触到艾滋病患者。当他第一次接触艾滋病病人时，内心的恐惧不亚于第一次上战场的士兵，但他心里明白，职业生涯最大的考验已经开始了。

“我觉得我这双手天生就是做外科的。”一位老外科医生的“名言”让梁茂裕心中顿生一缕亮光，鼓励着他勇敢面对以手术切除为主要工作的事业征程。

然而，治疗艾滋病患者的情形有时非常残酷，甚至动摇了他救死扶伤的决心。一个从别家医院转移过来的静脉吸毒的艾滋病病人，全身到处都是针眼，四肢出现不同程度的水肿，外周血管全部塌陷，而腹股沟血管因为注射毒品导致局部感染，股动脉破裂引起了大出血。玩世不恭、满口脏话，这是艾滋病患者给梁茂裕留下的第一印象。在他心中，曾经一度产生疑问：像这类自作自受的品质败坏的人，是否值得怜悯和关爱？

前面那家医院只为这个患者做了紧急加压包扎处理，而没有动手术治疗。然而，当时的四医院对于这类血管破坏的病人的救治同样没有太多经验，缺乏防护装备，甚至连做血管吻合、移植手术的专用器械都很匮乏。病人入院的第四天，敷料上渗出脓血，散发出一种令人作呕的腐臭味，可谁都不敢打开敷料换药。第五天，老主任觉得这样下去不行，带着梁茂裕给病人进行第一次换药。为了安全，医护人员都穿上了一次性手术衣。他们解开病人的绷带，揭开那已经结成板状的血纱，溃烂化脓的伤口突然冒出一股鲜血直喷房顶，旁边的护士吓得尖叫着跑开，而梁茂裕的手术衣也被喷成了血衣。老主任赶紧用手指压住病人喷血的动脉破口，快速阻断同侧髂外动静脉，并用无创血管钳控制破裂口喷血。清理伤口的坏死组织后，老主任用食指抵压着病人的血管裂口，用血管线缝合裂口，最后用大三角针缝合伤口止血，那针尖就是从完全不能移开的指尖下方穿过去的。如果没有强大的心理素质，没有过硬的技术，针尖非常容易扎伤医生自己，那就有可能会被艾滋病病毒感染。梁茂裕看到老主任的汗珠顺着脸颊滴到病床上——谁能想到一次换药变成了一次惊心动魄的床边急救血管修补术呢。脱了手术衣，所有医生护士里面的衣服都湿透了，幸运的是大家都没有遭遇职业暴露，病人的血也止住了。但十几天后，这位病人为了逃避医疗费用不辞而别。这种救人之后又遭“背叛”的无奈，手术时血液飞溅引起极度紧张的场景，在梁茂裕心里久久挥之不去。

梁茂裕从医以来经历的第一宗救治艾滋病患者病例，让他真切地感受到人世间的灾难与阴暗：当事人吸毒和嫖娼，这种行径让人难以产生半点怜悯，但出于对生命的敬畏，医护人员又不得不救治他。更何况，在为艾滋病患者进行诊疗服务中，还存在职业暴露的风险。它可以造成医务人员身心的恐慌，瓦解他们从业的信心，甚至可能使家庭幸福坍塌，使生命坠入不可预料的深渊。

之后不久，四医院增设了艾滋病科。开科没几天，科里就有一个护士被病人输液用的针头扎到了。她正是梁茂裕的爱人。经过评估，她需要服用28天的预防药物。在那段难挨的日子里，她因药物的副作用反复地呕吐和腹泻，根本上不了班。梁茂裕见证了她的痛苦、煎熬、焦虑、彷徨、无奈，心疼得无以言表。他们艰难地熬过了整个服药疗程。后来经过多次复查，HIV抗体均为阴性，所有的忧虑才烟消云散。经过这一遭，考虑到孩子还太小，梁茂裕的爱人申请调离了艾滋病科。

梁茂裕向来都把病人当作亲人一样对待，但是对于某些艾滋病病人，他却难免心生憎恨。

就在梁茂裕对艾滋病科产生抵触情绪的时候，四医院委派梁茂裕去广西医科大学一附院进修，师从林坚、黎乐群和唐宗江教授。在那里，梁茂裕勤奋刻苦，专业水平得到了很大提升。梁茂裕还以为不在四医院就远离了接触艾滋病病人的困扰，然而就在进修期间，他的老师却接诊了一个艾滋病合并胃癌的病人。老师亲自带着梁茂裕做了一例没有规范防护措施的艾滋病胃癌根治术。

不愿再进行艾滋病诊疗的梁茂裕发现原来自己已在不知不觉中成为艾滋病职业防护的专家。

进修回来，梁茂裕的业务能力已经足以独当一面，手术技巧也已得心应手。

2008年，吴锋耀到了四医院担任院长，针对广西艾滋病疫情十分严峻的形势，他和领导班子决心打造以诊治艾滋病为主的传染病品牌医院。于是，艾滋病科发展成了两个病区，梁茂裕以外科医生的身份进入了艾滋病科。

四医院的外科，避免不了接触各种传染病。令梁茂裕心寒的是有些素质极差的艾滋病病人故意隐瞒病情，令人防不胜防。

2010年，梁茂裕通过竞聘走上了医院医务科副科长的岗位。明知自己不是干行政管理的料，他偏去走行政的路，与其说是人生迈出了一大步，不如说是业务上选择当"逃兵"。那种复杂的心情难以言表。也许有人认为这种跨越是一种突破或收获，但梁茂裕觉得用"逃避"来形容会更贴切。

二

梁茂裕去了行政部门，一干就是6个年头。所处的位置不一样，思考的问题就会不一样，新的岗位促使他从一个新的高度去看待问题。其间，梁茂裕还被选派到上级单位挂职锻炼了一年。在这6年里，他和其他四医院人见证了医院翻天覆地的变化：医院原来病房陈旧、设备老化，现在却拥有重症医学科、血液净化科等功能完善的科室，拿下了"广西艾滋病临床治疗中心（南宁）"的牌号。2012年8月，医院还新增了一个新的科室——艾滋病外科。也是在这6年里，梁茂裕感受到了国家对艾滋病防控事业的重视和"抗艾"决心，开始从另一个角度重新审视艾滋病患者这个群体。

梁茂裕深深意识到，艾滋病患者已不局限于人们刻板印象中的吸毒、滥交人群，很多艾滋病患者都是因为偶然事件而遭遇不幸的无辜者。对于艾滋病的预防与治疗已成为社会普遍关注的问题，关系着公民健康和社会稳定。医生这个职业最贴近艾滋病患者，是他们最后的屏障和港湾。

与此同时，梁茂裕发现自己确实不太适合行政管理工作。生命的价值在哪里？他常常自我追问，不忘初心的信念在他内心重燃起事业的火焰。他认识到，只有重新站到久违的手术台前，用手术刀为病人开辟重生的天地，他的生命才有华丽的篇章。2016年底，医院重新组织中层岗位竞聘，他报了艾滋病外科的副主任岗位。经过努力，他成功了。

他走进了艾滋病外科，又回到了熟悉的业务岗位，和艾滋病防控工作的“尖刀勇士”邓建宁主任团队并肩，成为专门为艾滋病病人提供外科诊疗服务的外科医生。

做特殊手术，医生必须内穿连体防护服，外穿一次性手术衣，戴面屏，戴双层乳胶手套，把自己裹得严严实实。尽管如此，常在河边走，哪能不湿鞋？在一次手术过程中，梁茂裕被助手手中滑落的针器划中了指尖并明显感觉到了刺痛。他赶紧脱下手套做规范的伤口局部处理。职业本能促使他重新戴上手套先把手术做完，下了手术台，他才去找职业暴露的评估专家，接受为期28天的药物阻断。药粒很大，很难下咽——到了这个时候，梁茂裕才真正意识到病人们坚持终身服用需要的意志力有多强大。他服药的反应倒不是很大，就是服药后两个小时内会腹泻，每天如此。熬过了28天，血样检验结果都是阴性，一切似乎又豁然开朗。

现在的梁茂裕并不因为自己从事的是艾滋病外科而感到自卑，相反，他还有些自豪。在学术活动的交流座谈会上，他很坦然地告诉同行：“我是专做艾滋病外科手术的大夫。”结果有不少的外科同行投来诧异而又敬佩的目光，他也因此结交了不少朋友。

梁茂裕的职业信条是把病人当作亲人一样对待，对艾滋病病人也不例外，无论病人的情况有多糟糕，他都会尽心尽责。在他的从医生涯里，不曾忘记希波克拉底誓言：保持对人类生命的最大尊重；不考虑病人的年龄、疾病、民族起源、性别、国籍、政治信仰、种族……保守病人的秘密……他用良知和尊严，按照良好的医疗规范来践行他的职业。

记得有一次，梁茂裕在同一天接诊了两个消化道穿孔的艾滋病患者。他们已经合并严重的腹腔混合感染、酸中毒及呼吸循环衰竭，$CD4^+$细胞计数不到100个/微升，辗转了多家医院都得不到救治，病情非常危重。起初梁茂裕也很犹豫，他反复强调了手术的风险和可能发生的意外。但从病人的眼中，梁茂裕看到了强烈的求生欲望，而病人家属的态度也很坚定。梁茂裕和他的同事被打动了，他们连夜给病人做了手术。监护仪提示病人的心率、血压、血氧都在濒危状态，梁茂裕他们在整个手术过程中精神高度紧张，直到把病人腹腔的脓液放了出来、处理好穿孔，监护仪上提示病人的生命体征有了好转的迹象，他们才敢松一口气。把病人送入重症医学科后，刚回到更衣室梁茂裕便瘫坐在地上，那一刻他才感觉到自己有多疲劳。但看到病人术后一天天好转，能下床活动了，他心里感到十分宽慰。

遗憾的事总是有的，两个病人中的一个最终的病理结论是卡波西肉瘤，意味着她的生存期已经不长了。当梁茂裕把结果告诉她的时候，她眼里冒着泪花，什么话也说不出来，只是紧紧地抓着梁茂裕的手。梁茂裕从她的眼里读出了她想表达的意思，她是在感激医生们没有放弃她。

三

2019年5月的一个上午，天气炎热。笔者约了梁茂裕做采访，当时他在准备做手术，没约上。下午笔者再次到他的办公室，看到他正在电脑前忙碌。

没有太多的客套话，他开口就问笔者："你有没有遇到过医护人员态度不好、不耐烦的情况？"

"有。"笔者回答。

他说："因为他们很忙，他们需要在短时间内处理好每一件事，病人太多，他们抬头的机会都少，所以看起来态度不好。而我们医院也忙，但我们却不能这样，再怎么忙都要做好和病人的沟通。一定要把病人当作亲人，没有歧视，尊重病人的人格尊严。"

梁茂裕深知，病人来找医生就是把自己的生命放在医生手里，所以医生干的活都是性命攸关的活。"病人来找你，就是把生命托付给你了，你要对人家的生命负责，你要拿得下。"所以他对待每一个病人、每一次手术都是认真负责的。

对于肝胆、胃肠、甲状腺、乳腺这些方面的手术，梁茂裕早已很熟练，现在到了艾滋病外科，又面临新的挑战。这类病人肛管疾病很多，比如尖锐湿疣、痔疮、肛瘘、肛裂等，以前他很少做这类手术，因为没深入去做过这方面的治疗，对肛门解剖掌握不够，怕切下去伤到括约肌，引起病人大便失禁——解剖的层面尺度拿捏不准就不敢放开手去做，有千般顾虑。后来通过不断看书学习，看进修笔记，看前辈和同事怎么做，自己慢慢摸索就掌握了。现在艾滋病外科很多肛门疾病的手术都是他做，这对他来说已经属于小手术了。

说到做手术，那是外科医生每天的家常便饭了。"有时做手术做到晚上12点，有时连做很多台，这些在艾滋病外科是常有的事。我们做手术时中午都不休息，吃了饭就继续接下一台，有时是早上上了台，等做完手术天都黑了。做外科的一定要有团队精神，要协作，一个人是做不了的，无论多少台手术，大家都是一起协作去做完，这就是外科精神。”梁茂裕如是说。

笔者问：“对于那些皮肤腐烂、发脓的病人，你看到会害怕吗?”

梁茂裕回答：“害怕倒不至于，毕竟这是我的工作。我现在对腐烂创面采用一种叫负压封闭引流（VSD）的技术，就是将组织裂隙、体腔和内脏器官的渗出物通过负压引离原处和排出体外，通过特殊敷料促进创面快速愈合。当初我是接了两个肛门周围严重溃烂坏死的病人，却没有很好的治疗方法，才触发了学习掌握VSD的想法。后来通过学习掌握了这个技术，在医院创立了新技术项目。”

他边说边打开手机找出一张照片，照片里的一只手只有三根指头，而且还长短不一，手的皮肤像烤焦一样一团黑。笔者瞄了一眼不敢再看第二眼了，实在是太令人不适。

梁茂裕说：“这是一个吸毒的艾滋病病人，反复发生癫痫。癫痫发作时会神志不清，有一次他抽筋的时候手掉进火堆里，等他家人把他的手拉起来时已经变成这个样子了，很可怜的。病人刚来求医的时候，叫我给他截肢。我看了后觉得这只手没有完全烧焦，肢体内侧、掌面和肢端还有存活，还能挽救。骨科专家也赞同我的看法。我就把烧坏的肌肉组织清除了，用了VSD这个技术去帮病人治疗，最后保住了患者肢体。”

“太多这样的病例了，复杂感染、脓肿、组织坏死……各种各样的伤口，这些病人到别的医院，医生都不愿操作，渗液那么多，生怕职业暴露。等病人到我们医院的时候创面已经特别糟糕，我们就是要想办法让病人治疗有效，又能减少我们的职业暴露——现在的这个VSD，解决了这方面的问题。”梁茂裕告诉笔者。

他又给笔者看另外一张照片，是一个艾滋病患者的糖尿病足，看起来也是有些恐怖的，他说这是血管闭塞后没有血供而坏死导致的。这个病人住院了两个多月，梁茂裕天天给他换药。虽然截了坏死的脚趾，但病人保住了这个脚，它仍发挥着作用。患者和他的孩子都很感激梁茂裕。

在四医院，像梁茂裕这样用心对病人的医护人员比比皆是。梁茂裕认为他并不是“抗艾”路上最优秀的工作者。相反，他觉得自己很普通。但让他欣慰的是，经他救治的病人还能记得他。记得有位脐尿管畸胎瘤的感染者，在2019年5月四医院举办“白求恩式好医生”评选活动的留言栏里，专门为他留言：“白求恩式好医生是5号楼7层的梁茂裕主任，他心里总是记挂着病人，真是一个好医生！”留言很朴实。梁茂裕看到时百感交集。做人就是这样，真诚对人才会得到感恩。尽管从事的是在刀尖上行走的工作，但梁茂裕感到，只有在手术台上，他的生命才变得更有价值，他决心顺着这条路一直走下去。心如初，无问西东，归来依旧少年。

拥有一颗悲悯的心

四医院艾滋病外科主治医生李兆伟，32岁，中等身材，圆圆的脸庞总挂着憨厚的笑容，有种亲切的感觉。这个阳光帅气的大男孩，内心极其丰富而细腻。

艾滋病听起来似乎很可怕，曾被认为与个人不自爱有关，却实际上不可一概而论，其中更有不少令人痛惜的病例。在艾滋病外科，李兆伟每天遇到各种不同的艾滋病病人，对那些无辜感染上病毒的病人的悲惨身世与境况，心地善良的他承受的情感重负，是常人难以想象的。

一位30多岁的女患者，她的爱人因患艾滋病已去世，她自己得的是艾滋病合并症里比较严重的病，叫青霉病，免疫力很低，病人得这个病以后反复拉血便。治疗了一个月，还没有好转她就出院了。李兆伟看到她一手牵着不到10岁的女儿，一手牵着不到8岁的儿子，离开医院时无奈落寞的背影，他的眼泪控制不住地溢了出来。

他不仅是为那位患者而悲伤哭泣，他还为与那患者相依为命的两个孩子担心，他们将因失去母爱的庇护而前路渺茫，他们悲凉的处境触动了李兆伟内心柔软的部分，让他不能抑制地心生悲凉。

有一个病人是退休的老师，60多岁，是全国优秀教师。她来住院做手术时还不知自己得的是艾滋病，她儿子也让医护人员帮忙隐瞒她。直到她快要出院的时候，她儿子才找到李兆伟，请他出面去告知那位病人。她得知自己得的是这个病后很难过，但经过李兆伟耐心地做心理疏导，她也慢慢接受了。病是她老伴传染给她的。她家在县城，小地方熟人太多，出院后她就选择定期到四医院来拿抗病毒药治疗。现在她每天都会发一个问候给李兆伟，李兆伟有空的时候都会回复。

一个消化道穿孔的艾滋病患者，入院时已病危，如果不做手术在短时间内就有生命危险，做手术能救得过来的概率也不敢说很大。但只要有一线希望都要争取，邓建宁主任协调内科、麻醉科与重症医学科评估，想要为病人做关键一搏。为了争取她家属的支持，李兆伟对她的家属说，她不仅是她自己，她还是一个10岁孩子的母亲，背后还有一个家。她家属最后同意做手术了。术后病人直接被护送到重症医学科继续救治，经过一个月的精心治疗护理，病人得以康复出院。

有一次，李兆伟带一个他的老“病友”去皮肤科门诊，他让该科主任帮他的老“病友”做个小手术。这个病人是个不到30岁的小伙子，他得的是尖锐湿疣复发，考虑到住院费用高，李兆伟就协助门诊医生一块儿在门诊帮病人做了处理。做小手术前，病人躺在治疗床上问他：“李医生，我还是想不明白，怎么一次（性接触）就挨（感染艾滋病）了。”他又问李兆伟，像他这样还能结婚要小孩吗？李兆伟安慰并鼓励他。这个病人是做销售工作的，跟顾客（男同性恋者）吃饭时被顾客灌醉后性侵而染上了此病。一个朝气蓬勃的小伙子为了幸福、为了生活打拼，何罪之有？这个病人的遭遇让李兆伟痛心不已。

所谓的悲剧，就是将美好的东西撕毁给人看。医生李兆伟作为各种苦难的目击者，在他的能力范围内，用医技与悲悯之心减轻了患者受到的伤害。他从心灵最深处发出关爱的声音，哪怕是一声抽泣，也是要唤醒人们对生命的尊重。

作为艾滋病外科医生，都会有面对职业暴露的风险与心理阴影，李兆伟也不例外。有一次他遭遇术中暴露，只能吃抗病毒药。李兆伟吃药当天就拉肚子，吃不下任何东西，当时的他内心也很害怕，所幸的是没有发现被感染。虽然有职业暴露的风险，但李兆伟从来没后悔过到艾滋病外科工作。他每天都在思考着如何提高医技，以求在抗击艾滋病的战役中赢得主动权，最终夺取胜利。他是坚强的，就像战士一样，以他的胆识、智勇和忠诚，坚守在没有硝烟的阵地上。

“很多人会觉得艾滋病可怕。但作为医务工作者，对这个病必须有最起码的正确认识。”李兆伟显得十分理智。

李兆伟工作中见到了太多的痛惜与无奈。回到家里，他有时也会和爱人说说这些事情，他的爱人总是给他充分的理解与安慰。他的爱人是四医院的内科医生。他们有一个4岁的可爱女儿。

有一天晚上，他跟他爱人7点下班回到家，他的母亲正在做晚餐。晚餐已经做了一半，但李兆伟突然想起好久没回老家了，父亲一个人在老家住，他觉得应该回去看一下老人。

于是他跟他母亲和爱人说，不煮菜了，今晚回去看一下父亲。那天晚上，他们回到老家，一家人围坐在一起简单地吃着饭，感受着难得的团圆氛围。饭后，父亲切西瓜，李兆伟去点蚊香，然后父子俩吹着风扇唠嗑。父亲说得最多的还是那句叮嘱：“平时那么忙，你又要经常加班，要注意身体。”听着父亲爱意满满的叮咛，看着灯下父亲花白的头发，他鼻子一酸，眼泪又涌了出来。

他们在老家住了一晚，次日天没亮又匆匆赶回南宁，回到四医院立即去查房看病人。在紧张的医务工作中，李兆伟常常处于忘我状态。他明白，只有忘我工作才能承担医学重任。在这个方面，他经常以科主任邓建宁为榜样，从中汲取无穷的精神力量。

有一个晚上，邓建宁主任在艾滋病外科医生微信群里发出一段语音，李兆伟点开一听，是邓建宁主任失声痛哭的声音——他在忙于工作很长一段时间后，抽空陪女儿逛了一下百盛商场，给女儿买了个甜筒冰淇淋，看到女儿安静地吃着冰淇淋一脸满足的样子，他忍不住痛哭。他觉得自己陪伴女儿太少太少，女儿把这次难得的陪伴当作是最幸福的事，一个冰淇淋就让她很满足了。大家听到邓建宁主任痛哭的声音，都百感交集，感同身受。

邓建宁主任作为这些年轻医生的兄长，总是很有担当，总是和他们说："病人的生命在你的手上，你一定要尽全力去做。你对病人足够亲切随和，病人就会很信任你。"

三年前的一天，李兆伟所负责的一位老年女性病人患有直肠癌肠梗阻，病情非常严重，医生们给病人做完剖腹探查术又做了直肠癌根治术，病人术后恢复挺好。那天李兆伟做了连台手术，做完下来已是下午四点多了，那位病人的小儿子催李兆伟给病人换药。李兆伟刚下手术台，需要他处理的事比较多，就没能马上过去给病人换药。等处理完手头的急事后，李兆伟立即推换药车准备到那病人的床边换药。还没到病房，病人的小儿子在过道上就开始对李兆伟骂骂咧咧："你们这医生怎么当的？这么久才来换药，信不信老子揍你！"他刚想解释，但病人的小儿子没给他解释的机会，一边拍手一边喊大家出来评理，一下子就有很多人上来围观。救人于危难，却受到这样的对待，李兆伟顿时感到很委屈，眼里含了泪。护士见此情景马上向邓建宁主任汇报，邓建宁对那个闹事的人说："你有什么事冲我来，不要伤害我的医生！"

那一刻，李兆伟感到他不是一个人在战斗，和他一起战斗的还有他的伙伴们，还有冲在前面为他们挡风遮雨的邓建宁主任。

好在平时很多家属都了解李兆伟，知道他是一个负责任的医生，都在为他说话。那位病人也理解他。过后，病人、病人的大儿子和女儿都向李兆伟道了歉。

在四医院工作，李兆伟收获更多的是感动。平时工作中，兄弟姐妹们互相支持、互相鼓励，院领导也很关爱他们。他爱人是在四医院妇产科生的小孩，他去病房看他爱人时，看到吴锋耀院长正带人去看望。当时他很感动，忍不住流泪了。

这就是李兆伟，艾滋病外科的一位主治医生，一位拥有一颗悲悯之心的医生。

手术刀下的关怀

丁零丁零……

2019年5月25日晚上8点半左右，四医院妇产科值班室的电话铃声急促响起，正在埋头写病历的值班护士小李放下手中的活，拿起电话："您好，四医院妇产科。"

"我是钦南区人民医院妇产科的，我们这儿有高危艾滋病孕妇需要立即转往你们医院……"小李一边听一边在纸上记下：呼吸急促，孕期39周，艾滋病既往病史……

接完电话，小李马上向当二线班的庞俊主任汇报，庞俊主任马上安排做好各项接诊工作。

一切准备就绪，当晚10点20分，救护车载着病人来到了四医院，庞俊主任及妇产科医护人员早已在楼下等候。病人到的时候，血氧低，脸色苍白。大家将她抬下救护车，立即进行各项基本检查，B超、心电图、抽血……

原来，这位孕妇是防城港人，33岁，已怀孕39周。5月23日，她身体不适在当地就诊，当地卫生院将她转到钦州市钦南区人民医院，5月24日钦南区人民医院检查出她有艾滋病病毒感染，就要求她转到南宁市第四人民医院。这位孕妇都快要生了，还从没去医院做过产检。问起原因，一是自己对产检的重要性认识不够；二是农村的婆婆也说怀孕没什么大不了的，不用检查。所以，她也就没有去医院建档做产检。直到出现症状身体难受了，才来就医。

检查结果出来，从CT片上看，她的两肺已被病毒侵袭，感染严重，整个胸片都发白了，并且口腔有真菌感染。

据免疫学数据，一个正常人的CD4⁺细胞500个/微升左右，200个/微升以下就可以判断为艾滋病期了，而这个病人只有58个/微升。CD4⁺细胞过低就会容易产生结核、带状疱疹等病毒感染。事实上，大多数艾滋病患者最终不是死于艾滋病本身，而是死于HIV攻击人体免疫细胞后产生的机会性感染。

等做完一系列的检查，已是凌晨1点多。情况紧急，必须马上制订出处理方案。庞俊主任连夜向分管的副院长汇报情况，请相关科室会诊。艾滋病科、重症医学科、麻醉科医生都在第一时间赶到。当时病人还没有要分娩的征兆，会诊结果是先给她做抗病毒治疗，同时密切观察宫内胎儿的情况，如果宫内情况不佳，立即做剖宫手术。

到早上6点，B超显示羊水过少。这种情况下，胎儿不能在子宫内待下去了。为了婴儿，也为了母亲的安全，按照会诊的计划，必须马上做剖宫手术把婴儿取出来。庞俊主任请来陪同病人的家属——病人的丈夫，告知他病情，跟他讲病情的严重性，说必须马上手术。她丈夫同意手术方案，并在委托书上签了字。

艾滋病科秦英梅副主任、重症医学科的医生都来了，做好准备，天亮后按计划将病人送进手术室。麻醉医生梁皓峰、医务部的覃绍坚部长以及妇产科当班的护士都早在手术室里做好准备工作。就在送病人去手术室时，病人的丈夫突然拦住去路，说病人的母亲打电话来说要等她来到才能进去做手术，而她来到医院需要两个多小时。庞俊主任知道情况非常紧急，再不动手术就是两条人命了，她对病人的丈夫说："时间就是生命，不能再拖了，孩子早点出来大人就能早点用抗生素，孩子在里面，病人不好用药。你既然是她丈夫，你们夫妻决定就好了，她妈妈来看到宝宝安全出来了就好了呀，你爱人也不愿意母亲知道这个病情，你说是吗？"听了庞俊主任一番在情在理的话，病人的丈夫放行了，手术得以照常进行。

手术做得非常顺利。孩子出来直接送到新生儿科，交给专业的新生儿科医护人员看护观察。庞主任跟手术室的同事一起送病人到重症医学科。出血量不多，手术过程很顺利，病人的生命监测交给重症医学科就可以了。

那个手术，庞俊主任做了70分钟，不算快，不算慢。"因为是艾滋病病人，我不想我的同事发生任何职业暴露，所以用中等的速度来进行。"庞俊主任说，"平常普通的产妇做剖宫产手术，一般只要40分钟就行。"

十多年来，四医院一直关爱、尊重和帮助艾滋病感染的孕产妇，为数千例艾滋病感染孕产妇及其家属提供心理情感支持和家庭关怀的支持性服务，及时阻止了数例自残、自杀行为。四医院医护人员多次接受广西电视台、《南宁日报》记者采访，在全广西范围内积极倡导"消除对艾滋病病毒感染者及艾滋病患者的歧视"活动，将国家的"四免一关怀"等政策及预防艾滋病母婴传播相关知识向大众做深入广泛宣传，以遏制艾滋病在广西流行。

人人望而生畏的艾滋病，在职业医生看来也只不过是一种病，庞俊每次攻关克难并有成效，心中都充满了成功的快乐，而且这快乐将维系着她的一生。这就是职业医生至高的信念。庞俊如此，四医院的全体医生也是如此。

从第一个到许多个

庞俊回忆起她第一次接待艾滋病病人的情景。

那是2005年，年初她和科室的部分同事去接受了培训。培训回来不久，就听到医务部说上级准备将一个感染艾滋病的孕妇转诊到四医院分娩。妇产科的全体医护人员怀着忐忑不安的心情，就像等待一道考题那样积极调动最佳状态应对，这对于四医院妇产科来说是严峻的考验。

那一刻终于来了，这个艾滋病孕妇看起来也没有什么不同：健美的身材，精神焕发的容貌，并没有想象中的那样可怕。只不过她挺起的肚子表明，她是待产妇，一个小生命在腹中不安地躁动。四医院妇产科医护人员原先的惶恐心理烟消云散。

“为了保证孩子和母亲的安全，降低艾滋病母婴传播的风险，对孕妇进行剖宫产术较为妥当。”庞俊吩咐助产士。在接触第一例艾滋病病人时，她考虑最多的是如何帮助病人安全分娩，尽可能降低分娩过程中婴儿受到艾滋病毒感染的风险。

这对妇产科、麻醉科、手术室都是严峻的考验，必须多科通力协作，全力施展艾滋病母婴阻断的技术来完成这第一例艾滋病患者生育手术。

这是在有限时间内的严谨操作。除了轻声安慰产妇，手术室里大家更多的是通过眼神和手势来表达意思，避免言语的交流对敏感的产妇造成压力。当婴儿被安全取出，一声大哭令大家放下心中的大石。谢天谢地，母子安全。

第一次接触艾滋病让妇产科的医护人员都认识到，很多疾病都是可以面对并且克服的。这次手术于他们而言就像在一场漫长的考试中解答了第一道难题。以后再遇到艾滋病患者，医护人员就能平常对待了。在医患之间，一道爱的桥梁已然搭起，并跨越了时空。

四医院妇产科接收的艾滋病产妇病例也不断递增，2005年10多例，2006年20多例，到2007年已达到30多例。

随着病例增多，技术慢慢地成熟，四医院进行剖宫产时均未发生过职业暴露。

庞俊的“治艾”之路，经历了几个阶段。

“艾滋病”这三个字，她在上大学时是没有听说过的，2005年之前也没有接触过。

现在上级领导和社会各界都知道，四医院妇科有个庞俊，在艾滋病感染孕产妇的救治方面有十分丰富的医疗经验。然而庞俊自己却十分清楚，她对艾滋病的认识也是由浅到深，救治艾滋病患者的经验都是通过一步步的摸索才逐渐形成的。

庞俊每次新接触艾滋病产妇时都很谨慎，她详细了解产妇的一切情况，包括工作、生活与家庭环境，所接触的人群，平时的生活习惯和个人喜好等。她了解产妇的文化程度和性格，也尝试掌握病人的日常生活方式。她记下这些各不相同的情况并形成患者个人档案。而每一个病产妇都有不同的经历，她们经由不同的路走来，带着相同的愿望，求助于四医院的医生们。庞俊通过这些细致入微的记录，深入了解艾滋病孕产妇的人生，找到个体化的治疗方案与关爱模式。

接触艾滋病患者的第一年，庞俊还能清晰说出每个艾滋病孕产妇的名字。五年以后，由于病人越来越多，她要通过翻阅病人档案才能记起她们。

“每一个艾滋病病人都有一个辛酸的故事，形形色色，展现人生百态。我们从事艾滋病治疗工作的医务人员冒着艾滋病职业暴露的风险服务每个患者，随着经验的积累，不论是做手术还是日常治疗护理，慢慢地我们都不怕了。”庞俊告诉笔者。

庞俊对病人很友好，有感情。接触艾滋病患者多了，现在她帮患者做手术，就很淡定了。患者们送来水果，医护人员也不忌讳，吃得很开心。庞俊说，医护人员早期对于艾滋病孕产妇特别关爱，特别用心，还留手机号码给病患，现在慢慢地留公用电话了，因为她们并不需要受到特殊对待。其实对她们特别反而会让她们觉得自己与正常人不同，不要刻意对她们好，像对待平常人一样就行了。对她们的特殊性更应该集中放在医疗和护理咨询上，其他时候以平常心态对她们，她们觉得更好一些。

庞俊之前都是留私人电话给病人，这也给自己的生活带来了不少烦恼。

有一次，有个艾滋病孕妇半夜12点打电话给庞俊说她要自杀，要割腕，原因是她丈夫说了一句话：“就是因为你不检点，才得了这个病。”这位孕妇在产检过程中发现感染了艾滋病，她丈夫去做了检查，结果是阴性。她说当时两人商量后还是决定生下孩子，丈夫也原谅了她。

庞俊知道病人这些举动只是因为自尊心受到了伤害，想要她丈夫重视她，不一定真的轻生。当决定生下孩子时，那位丈夫是宽容的、理解的，是爱妻子的，以前也都讲好要原谅的啊。于是庞俊就开导她说：“你现在因为一句话就伤害自己，甚至伤害宝宝，你不觉得你的宝宝是无辜的吗？你爱人讲这句话伤了你，改天我再批评他，现在肚子里的宝宝这么大了，你很快就要当妈妈了。因为你爱人的一句话，你就轻生，那你的宝宝也跟你轻生了哦，宝宝有心灵感应的。你如果轻生，一对不起父母，二对不起宝宝，三对不起你自己。你要坚强，只要坚持抗病毒治疗，你就可以和普通人一样生活。”听了庞俊的开导，这名孕妇冷静了下来。

庞俊每年都被邀请到各地去讲课，讲的都是些实用技术。最艰难的是2016年在拉萨做讲座，由于高原反应，庞俊不得不一边讲课一边吸氧，就这样站着讲了几个小时。她的课很受当地医生的欢迎，除了西藏第三人民医院（传染病医院）的医生外，住在偏远地区的医生坐两天的车都要赶到拉萨听她讲课。

庞俊的工作安排得很紧，基本没有任何空闲时间，她所面对的医患多样且情况复杂，她必须保持旺盛的工作精力和工作热情，保持最佳的状态以应对。她说，她没有其他选择，一生热爱这份职业，也就必须忠诚于这份职业。

希望之门里的生死较量

2019年6月的一天，笔者在重症医学科医生办公室见到了龚贝贝护士长，她声音甜美，皮肤白皙，一身护士长的衣服更显出她温柔端庄的气质。她说："ICU（重症加强护理病房）是生死之门的守卫者，鬼门关前面那一关。ICU是跟阎王爷抢病人，病人完全没有生活自理能力，病得很重很重，快要不行了，抢救后才送到ICU。我们是传染病医院的ICU，接收所有重症传染病患者，包括结核病、肝病、艾滋病等。别的医院是不能够收这种传染病病人的，他们没有这个条件，这类病人就集中收到我们医院的ICU病区。"

这时呼叫铃声响了，龚贝贝急忙进入重症病房。

笔者面前只剩下刘升。他是四医院重症医学科主任，什么时候都能给人安心踏实之感，端正的五官，浓眉下是炯炯有神的眼睛，能洞察细微，光明的前额闪烁着智慧的灵光，一脸非凡的英气。他接过话介绍说："ICU是最后一关，把病人从死神魔爪中拉回来。经过抢救都是有机会的。有些病人身体有小病不注意，拖久了就会成为重病。我们ICU单间隔离，分区管理，每间病房都有专门的医生护士重点看护。”

当患者进入ICU的那一刻，厚重的大门便会将患者和家属隔离开。对于家属而言，这扇门是恐惧之门，因为它离死亡很近，亲人进去以后可能就此阴阳两隔。然而，这扇门又是希望之门，因为它离重生不远。守卫这扇生死之门的，就是重症医学科的医护人员。

ICU医生不仅要挽救患者生命，更重要的是要解除患者的痛苦。刘升指着监视屏幕上一个躺在床上的病人说：“你看他，现在刚拔了管，慢慢地恢复了就可以送回普通病房了。”

在重症医学科肃静的白色病房里，大部分患者都处于昏迷状态，意识清楚的也全身插满各种管子，胸口贴满连接抢救设备的电极片，手指夹着指脉氧探头，一把粗粗细细的管子连接着监测仪。监测仪在寂静的重症病房发出滴滴答答的声响，每台监测仪都汇联到总监护台处，如果哪床的病患某项指标不正常，监测仪就会及时示警。这些躺在白色病床上的病人，有的正一分一秒地死去，也有的正一分一秒地从死亡线上跑回来，慢慢学会重新呼吸，重新微笑。

医护人员在病房间忙碌地穿梭，一遍一遍地检查危重患者的生命体征是否出现新的变化，根据各项检查结果调整呼吸机的参数，检查术后病人的液体引流情况、出入量情况等可能会导致病情恶化的一切指标，随时保持着高度警惕，不敢有一丝松懈。由于ICU收治的都是重危病患者，病情变化快，除实时监控外，医生还需要随时了解病患即时的病理情况。除了精心的治疗、严密的监察和精细的护理，还随时可能需要对病人进行抢救。

在ICU这个每天上演生死较量的科室，医护人员不仅需要有精湛的医术，更需要学会与患者家属沟通的技巧，为终末期患者提供更好的照料，通过一言一行来化解病人的恐慌和忧郁，让他们自觉接受治疗，勇敢地面对病魔，建立一种互相信任的医患关系。

重症医学科的医护人员多是年轻人，病人也很喜欢他们，因为老年病人看到年轻的医护人员会觉得有朝气，年轻病人跟年轻医生护士也更容易沟通交流。他们在家可能是乖乖女、“公子哥”，但是到了四医院，受到良好气氛的带动，就成了无所畏惧的“战士”。敏锐的观察力、敏捷的动作、高度的责任心、良好的沟通能力和自我调适能力，是他们必不可少的素质。

刘升自2003年毕业就到了四医院，刚来时是在外科工作，当时邓建宁主任带着他做手术，手把手教他，从小手术一点一点做起。邓建宁主任不仅在技术上对他进行培养，在职业素养方面也一直在影响着他。作为一个医生，刘升有着强烈的使命感和责任感，有着扎实的医学知识和娴熟的医疗技术。到重症医学科后，他也一样很努力很拼命。重症医学科是拯救生命的最后一道关卡，刘升带着他的团队把守住这个关卡，责任重大。他们竭尽全力抢救生命垂危的病人，为生命打开一条光明的通道。他们每天面对着一场场紧张激烈的“战斗”，虽然很累，但每次从死神手中抢回病人，内心都激动不已。

在重症医学科，刘升看到太多的年轻人由于不懂得保护自己而染上了艾滋病，在本应身强力壮的年纪，在体能和生活上却像个年迈的老人。他很是心痛。

有一个长期进行不安全性行为的小伙子，自己什么时候染了艾滋病都不知道。有一天，他去找他的男朋友时，病情发作晕倒了。他男朋友把他送到当地医院，当地医院检查发现HIV感染，病情复杂，须专科医院处置，就紧急转送到四医院。经过检查，发现他各种免疫力机能下降，出现了细菌、真菌感染和脑炎等，马上进行抢救，经过紧急外科引流等外科手术后送到ICU。有了重症医学科医护人员的精心治疗与护理，他的病情得到缓解，但是“冰冻三尺，非一日之寒”，后期生理和心理上的治疗仍然需要小伙子和医护人员共同的不懈努力。

在危重病人集中的科室工作多年，刘升经常会面对生离死别的场景，也曾以为自己面对临终的病人已经能够很平静，可是，当情感一旦决堤，还是会触动心底的那份柔软。有一个货车司机，为了养家糊口，长期在外跑运输，有了不安全性行为。为了挣钱，身体出现不适也没有及时去治疗，更不知道是什么时候感染了艾滋病合并肺结核。当他来到四医院重症医学科时已瘦得皮包骨，各种器官衰竭，双肺毁损，剩余的肺组织难以支撑他的身体，ICU的治疗也无法帮助他改善病痛。看着他被结核菌严重破坏的双肺以及极其脆弱的身体，每一位医护人员都在摇头叹息，痛心不已。

当刘升向病人家属告知病情时，病人的妻子腿一软，瘫在地上号啕大哭起来。为了让家里人过得好一些，他背井离乡在外没日没夜地打拼，她无论如何也想不到，一年都难得见一面的丈夫，再见时已经面临生离死别。他们4岁的孩子不安地看着爸爸，又看看情绪失控的妈妈，不知所措。这时候，患者奋力挣扎着抓住刘升的手，瞪着充满血丝的眼睛，用惶恐、绝望而又极不甘心的眼神望着刘升，断断续续地说：“医生——我知道我时间不多了，救救我，我好长时间——没见过我的家人、孩子了，我不甘心……”刘升握着他的手，告诉他：“别怕，我们会想尽一切办法。”经过两个多月的生死搏斗，下了几次病危通知书，严重毁损的肺组织无法继续支撑病人的身体，医生们不断重复着抢救的步骤也无济无事，监护仪上所有的数字无情地归为零，死神最终还是用冰冷残酷的双手拥抱了他。他的妻子扑在他的身上，不停地呼唤着他的名字，哭得令人肝肠寸断，他的孩子抚摸着爸爸的脸说："爸爸累了，我们别吵他睡觉。"

有相当多的病人发现病情后及时吃药，对改变生活质量的帮助非常大，及早进行药物干预治疗，身体会慢慢变好，病人可以重新投入生活、工作中去。让医护人员感到痛心的是，很多患者早期没发现自己得了艾滋病，直到身体受不了才来就诊，错过了最佳治疗时机。虽然也有大量传染病危急重症病人经过医护人员精心治疗而康复出院，但是长年从事危急重症救治的医护人员内心都有一份无奈，在他们的日常工作中，成功与失败往往并存。面对死神，医务人员也常常无可奈何，毕竟自然规律不可抗拒，死亡的降临经常让他们不知所措。但正因为如此，ICU这样一群人的顽强拼搏，更能体现出一种人性的光辉和伟大。

重症医学科的工作强度大、压力大、风险高，需要开展很多创伤性的操作，包括各种动静脉穿刺、气管插管、气管切开及穿刺等，这些都会接触到病人的体液，很容易发生职业暴露。但是刘升他们不怕，因为他们知道，病人信任他们才选择他们。医院是为病人服务的，病人选择了他们，他们就更应该肩负起责任和使命。从病人在手术同意书上签下字的那一刻起，医生背负的就是性命相托的信任。

虽说ICU严格控制探视时间，但对一些特殊病人，重症医学科会让家属多进来探视，病情越重越要体现亲情的关怀，病人与他的亲人都会在互相的忏悔与原谅中度过他们在重症医学科里的时光，奇迹往往会在这生命最后的一关出现。面对每一个刚刚进来ICU的病人，刘升的心情都是非常沉重的，因为看到病人都是命悬一线，一股强烈的责任感和使命感瞬间在心中升腾，要想办法把人抢救回来。经过努力，病人一个个康复出院，他们就会有种释怀的感觉。这正是医者用灵魂的光辉温暖了他人。有些事情不是看到希望才去坚持，而是坚持了才会看到希望。努力赋予了他们改变现实的可能，也让他们在每一次奋斗过后变得更加优秀，这就是刘升所在的重症医学科，一个不断拼搏、锐意进取、为生命站岗的重症医学科，一个有温度的重症医学科，一个年轻而充满活力，朝阳似火、热情奔放，同时也柔情似水的重症医学科。

重症医学科，充满了人间的关怀与温情。

轻音乐

笔者一踏进四医院3号楼2楼超声介入科，便听到一阵美妙的轻音乐如温和的风吹了过来。音乐不紧不慢，像丝丝细雨蕴含着春天的暖与生机。令笔者惊讶的是，这样一个肃静的地方却有如此牵动思绪的旋律。

2019年7月26日下午4点30分，在超声介入室里一盏无影手术灯下，一位医生和一位护士在专注于一台穿刺术。他们在曼妙乐声中达成了天衣无缝的配合。笔者退到外面，看到墙壁上挂着两面锦旗，一面写着“良医有情解病，神术无声除疾”，另一面写着“精湛的医疗技术，高尚的职业道德”。它们都在廊灯的映照下熠熠生辉。

20分钟后，做完超声介入术的医生反复交代注意事项，然后把病人送走。这位医生就是超声介入科主任农恒荣主任医师。

送走病人后，他对笔者说：“不好意思，外面还有病人在等，你进来坐在旁边看也行。”他找出一件白大褂让笔者穿上，并递给笔者一个一次性口罩和一顶帽子。

护士叫了号，进来的是一个年轻的女病人，虽然戴着口罩，但看得出她很漂亮。农恒荣向她再次确认了名字，便叫她躺在超声介入床上。第一次现场看到超声直视下的穿刺术，笔者比病人还紧张。

“痛吗？有什么不舒服就讲，现在麻药进去了，30秒后麻药就起作用了。”农恒荣一边打麻药一边叮嘱病人，“你放松心情，闭上眼睛听音乐就好。”

音乐如柔曼的流泉从时光的缝隙中流淌，滑过耳膜浸透内心，化解病中潜伏的恐惧、紧张与沉重。而此刻，我们能听到的节奏就是病人绵长的呼吸，在一呼一吸中回归宁静。

“音乐主要给病人听，缓解病人的紧张。”农恒荣告诉笔者。

旁边配合的器械护士对病人说：“有什么不舒服你就说哦。”

笔者问：“她会紧张吗？”

“这位病人不太紧张，有很多病人很紧张的。”护士说。

护士与农恒荣配合得很默契，每一步需要递什么器械她都很确定。

农恒荣在超声屏幕上看好穿刺靶、穿刺安全路径，用活检枪小心翼翼地避开较大的颈动脉，从病人颈部穿刺到体内病变灶，抽出了病变标本，装进一个小瓶子里，一针，两针，三针，四针……一共抽出了四个标本，这个穿刺术就算是完成了。

“你注意哦，这里有个针口，四天内这个地方千万不能碰水。”农恒荣嘱咐病人。

“四天不能洗澡？”病人问。

“除了这个地方不能碰水，其他地方都能洗的。你要记住哦，要懂得保护自己，碰到水会引发感染的。”农恒荣说。

“医生，四天以后就可以碰水了吗？”病人问。

“可以了，五天更好。”农恒荣回答。

“谢谢了。”女病人礼貌地说。

农恒荣说：“不用谢。”

为了病人，必须挺过来

农恒荣中等身材，有宽而光的额头，目光总是机敏而深沉，察觉到疾病细微的迹象后能迅速做出判断并实施行动。他是智慧、品质与责任的完美统一，让人感受到学者型的医生特有的不同凡响的气质。在他的手上，仿佛任何一件物品都是可以救治生命的。

正是这样的一个人，在履行医生职责中因专注而放弃了许多东西。

整个医院就他一个医生做艾滋病病人的超声介入穿刺活检和穿刺治疗。他经常是中午休息一会儿就要上班，傍晚7点才回家。

“做完手术还要写报告单，一般7点才能回家，我们当医生就是这样的。我孩子上大学填志愿时，叫他学医他坚决不学。我爱人在妇产科当护士，我俩每年周末和春节都在上班加班，小孩小时候都没有时间陪他。小孩说他同学知道他父母是医生都很羡慕，但是他们不知道他很孤独，心里很痛苦，因为我们都很少陪他。”说这话时农恒荣的声音是轻的，但对于刚接触到这个领域的笔者来说，这是一次心灵的震颤。

“超声介入是在超声引导下的各种穿刺。超声介入跟超声检查不同，超声检查做完就走了，超声介入是介于超声检查与临床治疗之间的学科技术，特指超声直视下的各种穿刺术。刚才你看到的是一个比较浅的穿刺，深的深到心脏、肺等重要器官，风险是很大的，这个就需要小心了，深一点就会刺到心脏导致病人心脏骤停，太浅又抽不出患者的心包腔积液，所以得很细心。

“最危险的是被病人的血液、脓液喷到脸上，特别是眼睛。如果穿刺过艾滋病患者身体的穿刺针再刺到我手上，就会有职业暴露的危险，做这个得做好防护工作。像刚才那个病人，第一针还没有扎到病人身上时先扎到自己手上不要紧，第二针扎到病人身上了再扎到自己身上就怕了，所以我做得很细致。不能扎到我手上，也不能扎到护士手上。如果遇上职业暴露，虽然有防护药吃，但内心还是有压力的，因为也不知道药物在自己身上是否有效。所以干这活，家里人也是担心的。

“但是如果我不做，这些艾滋病病人要做超声介入怎么办？总要有人去做吧，面对病人，我只能上。病人也很可怜，很多病人是在不知道的情况下被感染的。6岁患者我也遇到过，那个小孩是妈妈怀他时传染给他的。现在很多艾滋病病人坚持用药都是可以控制病情的，能像平常人一样生活和工作。我见到的一个艾滋病患者都坚持25年了，现在还活着。”

悲悯之心交织在他的严谨里，成为他无所畏惧和忘掉个人得失的强大精神支撑。

小小的针头、血、病床上患者的面孔时常浮现在他的脑海里。

农恒荣是广西天等人，曾在广东中山大学附属东华医院工作了11年，获得正高职称（主任医师）。2012年，吴锋耀院长把他引进到四医院，可以说没有吴院长的鼎力支持就没有四医院超声介入诊疗工作的成就。四医院的艾滋病超声介入诊疗病例数及病种数全国第一！艾滋病超声介入论著发表数全国第一！

“超声介入穿刺对艾滋病患者有怎样的重要性？”笔者问。

农恒荣说：“国务院防治AIDS‘十三五’行动计划把降低AIDS病死率作为最重要的考核指标。国内外学者经尸检发现，90%艾滋病患者死于AIDS继发的各种机会性感染和恶性肿瘤。

近年来，随着逆转录抗病毒药物的临床应用及对AIDS并发的各种相关疾病的及时治疗，AIDS已从一种严重致死的传染病演变为一种可以被控制的慢性病，越来越多的AIDS患者经过临床治疗后可以正常工作和生活。活检病理诊断是临床许多疾病确诊的标准，超声介入穿刺活检术是一种既能避免传统‘盲穿’活检误伤重要器官导致大出血并发症的风险，又能对AIDS继发各种相关疾病进行早期诊断及让病人得到及时、精准治疗的最佳方法。”

由此可见，农恒荣在四医院担当的是一个至关重要的角色，他为艾滋病患者做的穿刺手术已经多得数不清了。

2012年6月，农恒荣做了第一例艾滋病超声介入术，那是一个重度心包积液的70多岁男患者，农恒荣为其做超声引导经皮穿刺心包积液引流术，术中顺利。考虑到职业暴露风险，农恒荣刚开始操作时精神有点紧张，但随着术程推进，精力集中于穿刺操作中，忘记了危险，精神反而放松了。

2013年3月某日，一位70岁的老人因发现腹部不明原因肿物到四医院诊治，感染科为了明确病理诊断而申请超声介入穿刺活检。超声影像科B超检查发现：该肿物属腹膜后实性包块，约9 cm × 8 cm，位居胰体后下方，腹主动脉与下腔静脉之间。腹膜后肿物由于位置深，前有胃肠道，后有腰椎，周围更有重要大血管包绕而历来被视为介入穿刺的“雷区”。在患者及其家属的强烈要求和积极配合下，农恒荣主任、李志强主任和邓建宁主任联合会诊讨论，拟订了穿刺方案和各种应急措施，由农恒荣主任亲自上阵行穿刺术。术前细致地进行了超声检查，选择最佳穿刺点和穿刺路径，在患者空腹、严格灭菌及局部麻醉下对该腹膜后肿物进行超声引导穿刺活检术，历时30分钟，术中顺利。患者术后恢复良好，无腹痛和腹腔大出血表现，静卧一天后即可自行下床活动。穿刺取出的标本符合病理检查要求，三天后即得出明确的病理诊断，使患者得到及时的诊疗。至此，该例超声介入穿刺术获得圆满成功。

随着超声诊断技术的发展，超声引导下穿刺活检以其创伤小、无痛苦、能迅速为临床提供病理诊断依据的优点，日益被临床所重视并广泛应用，成为肿瘤定性诊断的重要方法之一。四医院首例腹膜后高难度穿刺术的顺利完成，是超声介入穿刺技术应用于腹膜后的成功探索，标志着四医院超声介入诊疗技术迈入国内同类技术的先进行列。

有一个6岁的患儿，刚入院时咳嗽不停，哭闹不合作。他的肺部病灶血流不止，而且紧邻心脏左侧缘，肺穿刺活检可能引发气胸、血胸等高风险并发症。孩子的父母焦急得都要哭了。面对此情此景，农恒荣慎重评估了穿刺风险，告知患儿家属并获得理解和配合。在外科医生及麻醉医生的协作下，农恒荣带领超声介入团队全程在超声直视下行肺穿刺活检术。经过50分钟的努力，穿刺活检术圆满成功，没有发生并发症。术后两小时，农恒荣到外科病房随访，看到患儿面带笑容躺在爸爸的怀抱里看电视，农恒荣和患儿父母亲都舒心地笑了。

还有一位42岁的艾滋病患者全身皮下有多个大小不等包块（最大的如成人拳头大），在外院诊断不明、疗效不佳后到四医院求治。面对患者绝望的眼神，农恒荣安慰病人不要担心，现在的技术都是很先进的。最终经过超声介入穿刺活检病理明确诊断为弥漫大B细胞淋巴瘤，及时获得精准治疗，患者出院时专门跑来向他道谢，他也替病人感到高兴。

这位成熟稳重、为病人做过这么多次穿刺的医生，也曾经历过一段困惑的时光。农恒荣说：“从事为艾滋病患者开展的超声介入诊疗工作充满职业暴露危险，以前有一些亲友因害怕被传染而远离我，我也曾经苦闷、痛苦、流泪……最后还是挺过来了。

非常感谢吴锋耀院长、覃亚勤副院长等院领导对超声介入事业的鼎力支持！非常感谢南宁市卫健委领导及国内外学术同道对我超声介入工作的肯定!”

闪光的荣誉

农恒荣这么多年来在工作岗位上辛苦付出，也收获了很多成果：中国性病艾滋病防治协会举办“2014年全国艾滋病防治优秀论文推选活动”，四医院农恒荣和苏楠的《超声引导穿刺活检在艾滋病并发症诊断中的临床应用》获二等奖。

2014年，为更好地推动中国艾滋病防治事业的发展，促进国际艾滋病诊疗领域专家的学术交流，中国艾滋病协会全额资助，特邀“2014年全国艾滋病防治优秀论文”的获奖者代表参加第一届全国艾滋病学术大会，农恒荣是内地6名受邀的获奖者之一。

2017年5月10日，农恒荣的《超声引导穿刺活检在艾滋病中的临床应用研究》获南宁市科学技术进步奖三等奖。

其间，农恒荣有多篇超声介入科研论著发表在国内外知名医疗刊物上：《AIDS相关疾病的诊断利器——超声介入穿刺活检》发表于《传染病影像学》英文杂志，《艾滋病并发马尔尼菲青霉菌肺炎周边型病灶超声与病理改变》发表于《中华传染病杂志》，《超声引导穿刺活检在艾滋病相关疾病诊断中的应用》发表于《中国艾滋病性病杂志》，《艾滋病相关弥漫大B细胞淋巴瘤超声表现》发表于《中国超声医学杂志》，《艾滋病相关性肝脏淋巴瘤影像学研究新进展》《艾滋病相关性淋巴瘤超声影像学研究进展》发表于《新发传染病电子杂志》，《护理干预在艾滋病患者行超声引导穿刺活检术中的应用》发表于《齐鲁护理杂志》，《艾滋病相关周边型肺结核超声影像分析》发表于《中华超声影像学杂志》，等等。

2018年6月12日至16日，四医院积极参加在山西太原召开的2018中华医学会结核病学分会会议。影像专场中，农恒荣作为国内超声界专家及广西医疗系统唯一被组委会邀请的代表在本次大会做学术报告，他所做题为“艾滋病相关周边型肺结核超声影像分析”的学术论文报告被评为此次年会的优秀论文。

2019年9月6日，农恒荣受邀参加在上海举行的“第二届肺疾病超声诊疗新进展暨超声新技术论坛”，并作为授课嘉宾为来自全国的300多名超声界医生讲解超声介入诊疗方面的内容，反响很好。农恒荣说，他是中国西部地区唯一参加此会的超声医生，没有给广西丢脸，没有给四医院丢脸。他感到荣幸的同时，更感到身上的责任重大，他要更加努力，更高标准地要求自己，为更多的病人提供服务。

农恒荣，一个奋战在抗击艾滋病前线的白衣战士，用他高超的医技、关爱患者的高贵品质和刻苦钻研的科研精神，书写了一名医者追求卓越的人生轨迹。

热的血

血液在人体血管内循环流动，维持着机体的生命活动。每个人的体内都流淌着血，而每一个人的血都不尽相同。在医院，医生所见到的各种类型的血，都是富有个性的。

在四医院，从事血液净化工作的兰玲鲜主任每天都与血打交道，深谙血液的重要意义。

她是出于热爱而执守着这份职业。

她于1994年7月15日从广西医科大学毕业后，被分配到了融水县人民医院工作。她丈夫的工作地点就在南宁市四医院对面。为了解决和丈夫两地分居问题，她来到四医院面试，但面试没有成功。1999年，为了生活和小孩，她忍痛辞去了在融水县人民医院的医师职务，来到了南宁。她在南宁市一家单位的医务室工作，给单位职工做一些简单保健和疗养，给慢性病人量量血压、测测血糖，或者普及健康常识，搭配保健套餐，工作很清闲。但是这份工作离她的专业太远，这些不是她想要的。她怕因此而荒废了所学的专业，浪费了原来学到的技术，于是她争取去广西壮族自治区人民医院进修，于2001年和2003年在广西区人民医院内分泌科及肾内科学习。后来她终于成为南宁市四医院的一员，重回临床医生岗位。

一位热爱本职工作的医生从不轻言放弃。兰玲鲜对事业充满向往，即使明知会劳累，但唯有回到属于她的岗位上，她才能找到自己的价值所在。

四医院人工肝治疗开展较早，在区内处于领先水平，配套有两台血液透析机（一台是德国生产的贝尔克，一台是意大利生产的金宝AK200）。由于缺少人员，医院一直没有开展血液透析治疗。平时，那些传染病合并肾衰的病人都要转到其他医院去做血液透析治疗，而一些特殊的传染病患者，因其他医院无法接收而得不到透析治疗，只能眼睁睁等待死亡。

这一情况引起了四医院领导的高度重视。为了更好地服务这类病人，医院决定开展血液透析治疗工作。

刚开始是比较艰难的。2004年7月12日，医院进行了第一例血液透析治疗。大家一大早就开始准备，还专门从广西壮族自治区人民医院请来一名护士，从玉林市第一人民医院血液透析室请来仪器工程师，协同工作。那时，透析治疗术不像现在可以深静脉穿刺置管，当时是直接穿刺。桡动脉、肘正中静脉、足背动脉，换血管反复穿刺。由于血流量都不够，病人被扎了七针，花了整整一天时间才完成了这例血液透析治疗。

正所谓万事开头难。起初，血液透析治疗团队只有四人（一名医生、三名护士），她们在不足20平方米的血液透析室里，一边给病人治疗，一边与病人聊天，让病人放松。有时聊着聊着，病人突然瞪直双眼不答话，一测血压，血压没了！紧急处理，争分夺秒，血压恢复后，大家才松了一口气。所以有病人的时候，她们连吃饭也在透析室里面吃，不敢出去，怕离开了出问题。

2008年，由于外省血液透析室发生丙肝暴发性流行事件，卫生部要求全国所有血液透析室必须整改，符合条件才能开展工作。四医院场地及血液透析机均未达标，血液透析工作暂停进行。也就是那一年，吴锋耀院长来到了四医院，他看到这种情况，向业务部门了解情况后，认为感染性疾病的血液净化将成为很大的医疗需求，决定建立感染性疾病血液净化中心，于是，在四医院领导班子高度重视下，医院重新规范设立血液透析室，既提高了对重症传染病患者的救治能力，也确保了血液透析治疗的安全性。2011年6月3日，血液净化科正式挂牌成立，有了布局合理的场所，有了宽敞明亮、规范标准的工作环境，还购买了4台新血液透析机，填补了广西传染病血液净化治疗领域的空白。兰玲鲜被任命为血液净化科负责人。她的责任和担子更重了。

血液净化是一种特殊的治疗方法，是利用特定的仪器和设备，将患者的血液引出体外，经过一定程序，清除血液中的某些代谢废物或有毒物质，再将血液引回体内的过程。血液净化包括血液透析、血液滤过、血液灌流、血浆置换、免疫吸附、双重血浆分子吸附等。

与血有关的岗位在整个医疗环境中的重要性不言而喻，通过血液的检验可以看清生命存在的特征、体质的强健与衰弱。血，哪怕只有一滴都是鲜红的，它与整个人的灵肉产生紧密的联系。兰玲鲜从进入四医院开始，一直都从事血液净化的工作，她和她的同事们工作在平凡的岗位上，救治过许多生命垂危的病人。

2011年8月，血液净化科利用新增添的床边连续性血液透析机，成功救治了一位重症艾滋病患者。这名姓何的男性患者，年仅36岁，诊断为艾滋病、马尔尼菲篮状菌病、重症肺炎以及多器官功能衰竭，他从广西医科大学第一附属医院转院过来时便处于昏迷状态，家人都快放弃了。入院后，吴锋耀院长亲自参与抢救。经多个科室医生的共同努力，患者病情好转。从此，四医院对重症传染病患者的救治能力又迈上一个新台阶。

血液净化科成立后，外省的很多病人也慕名而来。云南有一位退休教师得了艾滋病并伴有慢性肾功能衰竭，以前都是坐飞机到北京佑安医院做血液透析，知道四医院有血液净化科后，为方便求医就来到四医院附近租房子住，做血液透析治疗以维持生命。她女儿和儿子都比较孝顺，逢年过节都来这里陪她。她在这里住了一年，后因艾滋病并发脑梗塞、重症肺部感染去世。艾滋病到目前为止仍然没有根治的办法，艾滋病合并肾衰竭患者的规范抗病毒治疗方案仍处在探索阶段。

传染病患者进行血液透析治疗必须按病种分机，专机专用，丙肝、乙肝、结核、梅毒、艾滋病患者都有相对应的血液透析治疗机。血液净化科目前共有24台血液透析机，为艾滋病患者专门设置了4台机。目前在做血液透析的病人有100多个。

在治疗艾滋病患者过程中，血液净化科会遇到各种情况，有的病人甚至会寻短见。兰玲鲜和她的同事从关爱病人、拯救生命的良好愿望出发，充分发挥心理教育的作用，用人生的道理和病情可控的知识疏导病人的心理障碍，增强病人生存和生活的勇气和信心。在病人眼中，她们既是医生，又是高明的心理导师。

“现在那种因为患了艾滋病跳楼轻生的事情没有再发生，社会歧视慢慢地少了，关爱方面也做得比较好，我们觉得艾滋病病人跟正常人没什么两样。有一个桂林的姑娘得了病，和老公两地分居，有一个儿子一个女儿，儿子没被传染，女儿生下来就被传染了。两个小孩由老人带，老公在广州打工，她经常是一个人来。刚开始她发现自己得艾滋病时想不开，吃老鼠药自杀，后来抢救及时挽回了一条命。我们就和她说，你死了就死了，但是你两个小孩怎么办？她听后也就想通了，安心接受血液透析治疗。目前她已经坚持做血液透析治疗有五年时间了，她经常和我们的护士一起逛街，给小孩买衣服，跟我们就像朋友一样。像这类人，我们只能从心里去关爱。”兰玲鲜告诉笔者。

一股暖热的血流淌在医患之间，以真情挽留了即将逝去的青春与生命。

前面说的那位云南的老教师来四医院住院，与兰玲鲜医生的关系很好。兰玲鲜医生去帮自己妈妈买衣服时也买了棉裤送给她。她在南宁人生地不熟，也不好出去，收到兰玲鲜买的棉裤，她很感动。现在她虽然已经离开人世了，但她的女儿还与兰玲鲜有来往，还送给兰玲鲜一面锦旗，锦旗上有“不是亲人胜似亲人”的感言。这是因关爱产生的感情。

兰玲鲜说，血液净化科的工作人员每天从早上7点多工作到晚上8点，病人来自不同的县市，有的病人甚至坐四五个小时车才到四医院，做完治疗又得坐车回家，路途遥远，医护人员已经习以为常，中午从不休息。艾滋病需要长期治疗，有的病人身体好转一点就不按时来做检查了，会影响治疗效果；有些病人怎么讲都不听，就要做很多思想工作。

有一件事情让兰玲鲜终生难忘。那时她在四医院儿科工作，收治了一名小艾滋病患者，入院时出生仅28天，其父母均为艾滋病患者，而且40岁出头的母亲同时还患有结核病。患儿住院后，经诊断为“重症肺炎，肺结核”，白天病情较稳定，夜间不停哭闹。由于婴儿太小，打头皮针后针孔周围红肿，几经周折才把针重新打上。护士在鼻饲过程中，患儿明显咳喘，口唇紫绀，患儿母亲误认为是护士把食物喂到了婴儿气管，于是暴跳如雷，手里抢过一个注射器晃来晃去，威胁说道：“如果小孩有个三长两短的话，就把你们全部打成艾滋病！”那时已经是凌晨4点，兰玲鲜从没遇见这种令人恐惧的场面，马上报告了儿科宋晓玲主任。宋主任接到电话后，即刻赶到了现场，耐心与患者家属沟通，终于平息事态。现在提起这件事，大家都难以想象当时是怎么挺过来的——传染病医院医务人员的职业危险，真是随时都可能发生。

血液净化科的工作紧张而忙碌，抢救、半夜接诊都是常有的事，每当看到病人期盼的眼神，看到病人出院，兰玲鲜觉得所有的累都是值得的。记得有位病人叫韦小芳（化名），52岁，做血液透析4年了，丈夫因肝癌已经去世，她儿子刚工作，家庭经济很困难。医院安排她每周做两次血液透析。那天，她没按时来，结果，凌晨2点她挺不住了。送到急诊时，她要求急诊医师打电话给兰玲鲜，要马上做血液透析。兰玲鲜接电话后，二话没说就往急诊科赶。患者原本气喘、躁动不安地坐在急诊门外，看见兰玲鲜，才如释重负地说了一句“兰医生来了”。看着她那期盼的眼神，兰玲鲜什么都没说，马上和值班护士到血液透析室开机检查，火速把她安置好，以最快的速度给她上机治疗。半小时过去，病人的病情慢慢缓解，一小时后便安然睡着了。治疗结束后，兰玲鲜建议她继续住院观察，但她不肯，执意跟着来接她的儿子回家了。看着他们母子离开医院，一晚没合眼的兰玲鲜也没有了困意。

血液净化科的工作风险也很大，直接就碰到血。有时抢救的时候，虽然戴着手套但也可能出现针头粘住手套而再反弹的情况，兰玲鲜曾遇职业暴露，那种心理压力是不可言喻的。经过时间磨炼，防护意识和能力都增强了，她已经可以坦然面对医疗中出现的任何情况。

在四医院，每一个科室都紧密相连，医生们因高度的责任感组成一个特殊群体。他们中的榜样是富于血性的，敬业与奉献是医疗战线永恒的主题。医生们团结协作的精神推动了四医院的发展。兰玲鲜主持下的血液净化科与其他科室联合开展科研工作，做了很多课题：她们与血管外科一起做课题，搞“艾滋病维持性血液透析患者生存期影响因素研究”；她们给尿毒症患者自体动静脉内瘘成形术建立长期血液透析血管通路，此手术像绣花一样细致，顺利的话半个小时可以做完，有些难的七八个小时才能做完。血管通路就是生命线，血管不通人就活不下去。对于需要长期血液透析的病人，导管植入也是建立血管通路的方法之一，但缺点是容易感染，异物长期在身体里面刺激血管，多少都会对血管造成损伤，所以维持性血液透析患者首选自体动静脉内瘘作为长期血液透析血管通路。

2012年5月，兰玲鲜做了腰椎间盘手术，术后一周出院回家休息，伤口还没拆线。但第二天，护士长就打电话找兰玲鲜，说有急诊需要血液透析。她一骨碌爬起床，丈夫连忙阻止她，心疼地提醒她："医生说你要卧床休息两个月，不能去。"可她一心想着救人要紧，管不了那么多了。她急匆匆赶到医院，给病人做完治疗并送回病房后，她才感觉到自己腰部胀痛，双腿麻木不适。"完了。"她心里咯噔了一下。但一想到在自己的努力下，患者症状得到缓解，她心情便又豁然开朗，一种成就感油然而生，顿时把自己的一切病痛抛之脑后。

这就是兰玲鲜，一个充满爱心的医生。

对病人她做到了用心、用情、有爱，但是自己家人来找她帮忙带去看病时，她往往不能及时安排。有一次，她母亲打电话过来说："我现在头晕。"她在忙着，只好说："你去找表姐夫帮你打针。"她表姐夫是村医。等下班后，她才打电话问母亲的情况。

一个周六的晚上，有个来做血液透析的病人，发烧到40℃，做完血液透析后仍然发热，兰玲鲜就跟她说她的病情须住院治疗才行。病人同意住院，兰玲鲜又亲自带病人去住院处办好住院手续，并通知其家属，帮她把出汗湿透的衣服换成干净的病号服。等病人的家属来时，已经是晚上8点多。兰玲鲜发了个微信动态说："下班了。"过一会儿，她收到了大哥的微信语音："小妹，这么晚才下班啊？要注意身体啊。"虽然只是普通的话语，却传达了最让她感动的爱，让她眼泪一下子就涌了出来。

兰玲鲜凭着对职业的无限热爱与忠诚，在医患之间架起了一道生命之桥，传递着人间的真情与忘我精神。她早已走出了小我的樊篱而拥有大我的境界，每天过得都是那样精彩，充满活力。

在谈到成长时，兰玲鲜说："来到四医院，一晃就15年了。在这里，我最幸运的就是遇到了苏春雄护士长，她好学、助人为乐，也胆大心细、敢于担当。十多年来，在她的细心帮助下，我开阔思维，不畏挫折，在磨炼中慢慢成长起来。"

2011年6月3日血液净化科成立时，仅有医生2人、护士3人，血液透析机6台。2015年12月搬迁至艾滋病大楼6楼后，拥有面积1400平方米，血液透析机12台。现在，血液净化科已拥有血液透析机24台，医生4人、护士9人、护工1人、工程师1人，治疗区域7个。7个治疗区域分别为：一区，艾滋病患者专用区；二区，乙型肝炎患者专用区；三区，丙型肝炎患者专用区；四区，非传染病普通患者专用区；五区，结核病患者专用区；六区，梅毒患者专用区；七区，人工肝治疗区。血液净化科规范的管理可有效地避免交叉感染。到血液净化科维持血液透析的病人也由原来的20多人增加到了100多人。四医院计划在3到5年内，把血液净化科打造成全国传染病血液净化治疗中心。兰玲鲜作为广西血液净化领域的知名专家、广西医学会血液净化学分会的常务委员和质量控制委员会的委员，将发挥更大能量。

『两降一升』是『防艾』攻坚的关键

2019年8月26日，笔者采访了广西壮族自治区疾病预防控制中心的葛宪民教授。他原任广西壮族自治区卫生厅艾滋病宣传干预处处长，是卫生防疫和临床内科主任医师，二级教授，博士生导师。他以广西防艾攻坚工程主抓艾滋病的“两降一升”为思路，展开了谈话。

2010年3月，广西壮族自治区党委、政府决定在全区开展防治艾滋病攻坚工程，并制定了攻坚工程的关键考核目标——“两降一升”。“两降”就是降低艾滋病的新发感染人数、降低艾滋病的病死率；“一升”就是提高艾滋病患者的生存生活质量。这“两降”跟国务院在“十二五”和“十三五”期间制订的国家防治艾滋病行动计划是一致的。而广西正在实施的防治艾滋病攻坚工程，要比国家行动计划的具体指标要求更高一些。

“首先要在人、财、物上给予大量的投入和保障，保证各级卫生行政部门均有专门的人员编制，各级疾控中心都成立了艾滋病科并有专门的人员编制；还有各市的综合医院或传染病医院、各县的综合医院，也都分别成立了艾滋病的专门病区。同样，各级财政的防治艾滋病经费得到了保障。自治区党委、政府提出了攻坚工程“两降一升”目标，自治区防治艾滋病办公室就落户在当时的自治区卫生厅，这就要求我们‘防艾办’必须做好全区防治艾滋病攻坚工程的总策划、总执行、总督促。首先，我们把防艾攻坚工程的降低病死率任务主要落实到各定点医院攻关解决。我们的具体做法，首先是在全区所有的县综合医院成立艾滋病病区，设置艾滋病病房，这有利于提高全区艾滋病治疗的覆盖率，降低病死率。但是，光这一点还是不够的，我们还要提高诊断治疗艾滋病的水平和质量。因此，我们把四医院和龙潭医院设置为自治区两个艾滋病临床中心，其目的就是通过这两个艾滋病临床中心，提高艾滋病诊断治疗水平和质量，不断降低病死率。”葛宪民教授说。

四医院是一个拥有病毒性肝炎高水平诊断治疗技术和基础的综合性传染病医院，历史渊源悠久。非典期间，自治区卫生厅曾经把“自治区传染病医院”的名头落户到四医院，虽然非典以后又把它放在龙潭医院，但是始终把四医院当作自治区传染病医院看待。每年自治区卫生管理部门都委托四医院承担大量的自治区传染病医院的工作任务。“防艾办”对这两家医院一视同仁、平等对待，统一称为“自治区艾滋病临床中心”。这两个艾滋病临床中心显然不同，龙潭医院的业务范畴和技术功底主要是诊治结核病，而四医院的业务范畴和技术功底是诊治病毒性肝炎、结核病和其他新突发的传染病，其中治疗病毒性肝炎是四医院一个品牌学科，也是在全区很有影响力的重点学科。

由于艾滋病的治疗药物和乙型肝炎的部分治疗药物相同，所以葛宪民教授当时就向原卫生厅厅长建议说：“我们还是要一如既往地扶持南宁市四医院，让它在艾滋病的临床治疗上积极探索，才能够取得突破，才有希望。”后来，“防艾办”多次和南宁市四医院交流，要求他们勇于科技创新。从此，自治区卫生管理部门就把降低艾滋病病死率的科技创新重点工作落在南宁市四医院，在四医院的病房大楼建设、仪器设备的更新和资源配置等方面给予了很大支持。

南宁市四医院没有辜负众望，在关键时期，全院医护人员迸发出科技创新的积极性，大家紧锣密鼓地进行科技攻关，在全国率先突破降低艾滋病病死率的技术瓶颈问题。四医院通过率先开展艾滋病的临床系列研究，从艾滋病的基础、艾滋病的检测、艾滋病的诊断和鉴别诊断、艾滋病的护理、艾滋病的各种机会性感染和各种危重症的抢救治疗等方面开展一系列的研究。这些系列科研成果解决了艾滋病病死率高的问题，也解决了许多治疗艾滋病的技术瓶颈问题。

“防艾办”及时地把南宁市四医院取得的一系列科研成果和临床抢救经验动态传递给全区各有关医院，并要求南宁市四医院派专家深入全区薄弱的艾滋病治疗点进行业务指导，普及他们新取得的科研成果。因此，在广西实施防治艾滋病攻坚工程的短短两三年内，全区整个艾滋病临床诊断与治疗水平显著提高。目前，南宁市四医院在不断创新取得新的科研成果基础上，加强科研成果的推广应用，加强对基层医院的业务培训指导，不断扎实推进工作，从而使全区的艾滋病诊断治疗整体水平不断提高，使广西的艾滋病病死率连年显著下降。

广西在实施防治艾滋病攻坚工程以前，大概连续10年的时间里，每一年都是全国艾滋病死亡病例数最多的一个省（区）。从2012年以后，病死数连续下降，现在已经降到全国第三名。从实施攻坚工程的第三年起，全区每年新发感染人数也从全国第一名降到第四名。实施攻坚工程的第二年，广西当年新发现艾滋病感染者是1.425万例，是全区新发现病例的历史最高点。

自2014年以后，每年新发感染人数都低于1万例，连续多年维持在8000例左右，跟原来的1.425万例比较，减少了近一半。新发感染人数明显下降，与艾滋病患者得到及时有效治疗密切相关。提高艾滋病的临床诊断与治疗水平，不仅可以显著降低病死率，对降低新发感染人数也起着非常重要的作用。

对于南宁市四医院科研团队和吴锋耀院长为不断提高广西艾滋病临床治疗水平所做出的贡献，葛教授给予了高度肯定。对于邓建宁、杜丽群等一批成绩突出的先进人物，葛教授也同样给予了高度评价。

吴锋耀院长带领医院领导班子创新了人才管理机制，让四医院各级各类人才脱颖而出，形成了人人积极投入搞科研的氛围，医务人员参加科研的积极性很高，科研课题数多、成果多、论文数多，促进了人才梯队的快速成长。有了好的体系、机制，南宁市四医院在科技兴院方面进入一个快车道，2019年初，一次性通过三甲医院的评审。

吴锋耀刚到四医院当院长的时候，全院只有他一个人是正高职称，在他的激励与带动下，2019年四医院有正高职称的医务人员已达十几人，获得副高职称的队伍也很庞大，高层次的人才团队已然形成，还涌现出了杜丽群、邓建宁这样的典型人物。

第三辑——春风的抚慰

润雨无声

1984年，韦彩云从南宁地区卫校毕业后分配到四医院工作，那一年她20岁，正是如花似玉的年龄。到四医院后，她一直在临床护理科从事护理工作，曾轮转过急诊科、综合传染病科、结核科、供应室，在结核科任护士长达10年，任大科护士长3年，分管艾滋病、肝病、结核病三大传染病的护理工作。现任四医院护理部主任，全面管理医院的护理工作。

这个护理部主任，一开始韦彩云并不愿意当。时间回到2009年3月的一天，吴锋耀院长找到她，让她任护理部副主任，原因是当时的护理部主任许宣荷将于8月退休，医院需要尽快物色一名护理部副主任，接替这个主任职务。院领导班子及人事部门研究后，决定从当时具有副高职称的7名护士长中选出一名作为护理部副主任的候选人。按程序，医院请中层干部进行无记名推荐后再请护士长们进行专门推荐，结果大部分人都推荐韦彩云。当人事科科长把这个消息告诉韦彩云时，出乎意料的是，韦彩云并不愿意接受这个职务。韦彩云有她自己的想法，她不确定她能不能胜任这个岗位，毕竟这是一个重要的岗位。她是一个要强的人，去做一件事前一定要去评估自己能不能做好，如果做不好就觉得没面子，更对不起大家的信任。那时，吴院长到四医院任院长不久，对她还不是很了解，但是大家都推选她，证明她是有足够能力的。吴院长多次找她做思想工作，肯定她的能力，相信她能做好。因为领导的信任与重托，韦彩云勉强接过这个重担，但她还是很担心，自己能否做好这个岗位的工作是个未知数。

上任伊始，韦彩云就碰上了难题。有护士趁她新上任，要求调到轻松的岗位，有说小孩小的，有说孩子高考需要照顾的，各种理由都有。韦彩云想了想，对护士们说："我也希望能提供符合你们需求的岗位，你们先写报告上来吧。"于是，她收到了一沓厚厚的申请书。其实韦彩云叫她们写申请是想摸清她们的想法，然后分析为什么会出现这样的问题。后来，韦彩云发现一些护士缺乏对自己职业生涯的规划，认为护理工作只是一种简单的重复，没有值得奋斗的目标。韦彩云通过组织开展疑难病例护理问题的讨论，引出护理新方法、新技术，激发她们学习的兴趣，同时通过开展专业知识和技能比赛来肯定她们的能力，改变她们对护理工作的认识。韦彩云单独约申请调岗的护士谈话，重点把握在科室起核心作用的护士，做通她们的思想工作，争取把她们留了下来。

韦彩云告诉笔者，她既然接过这个重担，就要担负起这个岗位的职责。为了给护士们树立一个榜样，2009年，46岁的韦彩云主动参加全国护理本科阶段自学考试，利用夜间、休息日学习。功夫不负有心人，她拿到了本科学历并顺利评上了正高职称。有了她这个带头人，护士们也产生了学习的动力，个个努力学习。在她的影响下，护理队伍自觉提升学历，做课题、写论文，晋升职称蔚然成风。原来四医院的护理团队没有正高职称，副高职称有7名，现在正高职称有5名、副高职称有40多名。四医院的护理工作在广西乃至全国传染病护理界声名鹊起。

每一次突发传染病疫情来临，韦彩云总是第一个站出来。多年来，韦彩云护理过无以计数的患者，这是她对本职工作热爱和能力自信的表现。她相信，在全体护理人员的共同努力下，一切困难都可以克服，因此她一直都以阳光的心态面对每一个紧张而有序的日子。她是个高度自律而又能团结队友的团队领头人，每一件事关重要的工作，她都会理顺工作思路，发挥团队共谋齐力的作用，促使工作圆满完成。有她在的地方，团队就有了强有力的主心骨。

保障医院护理质量与护理安全是韦彩云的重点工作。她说，一个人的能力有限，要保证病人的安全就得依靠临床一线护士。护士的知识和技能是护理质量和护理安全的保障，因此，护理部的工作不仅是规划，更包括培训、考核、指导、督促。护理部的工作人员均进行责任分工，对病房进行网格化、走动式质量管理，对病区环境管理、责任护士工作质量、危重病人护理观察记录、措施落实等都进行详细的指导与督查。韦彩云与各科主任交流，从更高的层面了解医疗对护理工作的要求；与各科护士长交流，掌握护理安全管理工作的实施情况；与护士交流，了解护士思想动态及个人今后发展方向和工作意愿；与病人交流，掌握患者就医需求。

2012年，南宁市手足口病呈高发状态，到四医院门诊就诊的患儿较多，需要输液的也多，有的患儿经多次穿刺后血管被破坏，再加上口腔溃疡疼痛，患儿不吃不喝，血管充盈不足，又进一步加大了静脉穿刺的难度。记得当时有一患儿因护士穿刺不成功而哭闹不休，家长投诉到护理部。韦彩云知道后，决心想办法提高护士实施小儿静脉穿刺的成功率，减少患儿的痛苦，减轻家属的焦虑。她派出20多名护士，分批到南宁市妇幼保健院进行小儿静脉穿刺专项强化训练，时间为三周。第一周先看别人怎么做，第二周在老师指导下亲自操作，第三周就要熟练掌握。经此专项训练，护士们的穿刺技术得到很大提高，增强了操作的信心。

2010年3月，她牵头成立医院“小点滴”志愿服务队，志愿服务队的口号是“帮助他人，提高自己”。志愿服务队队员从当年的几十人发展到了现在的几百人。2016年，她提倡“共做一善事”活动，带领护士长捐款，帮助生活有困难的、生病住院的护士，使当事人感受到大家庭的温暖。

有个护士的爱人得了癌症住院，韦彩云带护理部同事买了礼品去到病房看望她的爱人，这个护士很是感激。

2012年她到香港参加培训，感受到志愿服务的博爱和作用。学习归来，她再次推动四医院“小点滴”志愿服务队的发展，至2016年志愿服务队伍壮大到360多人，中国南丁格尔志愿服务队也加入进来，服务能力不断提高，服务范围不断扩大。志愿者为患者提供咨询、导医、导诊服务，在社区为居民传授健康知识及急救技能，搭建“慈爱天使”QQ群，在线有400多人交流；开设“红丝带之家”，提供面对面免费咨询，帮助艾滋病患者消除心理障碍，重塑生活信心，成功地干预心理问题严重的病人70余名；进行药物依从性教育，惠及1000多人次。由于工作突出，服务队获得“2016—2017年度中国南丁格尔志愿服务先进分队”的称号。

艾滋病晚期病人表现出来的孤独和痛苦，驱使韦彩云尝试通过护理研究解决他们的心理问题，提供躯体舒适的护理。她把爱心施与每一位患者。为了做得更好，她带领团队调查了200多名艾滋病患者的临终需求，组织医生、护士志愿者为在四医院住院的90例艾滋病晚期患者提供临终护理服务，创新临终病房、太平间的人文关怀建设，让患者在生命的最后时刻有尊严地离开，家属满意度达到95%。

除此之外，韦彩云一直强调护理技术要不断地提升，不断满足患者需求。

2009年5月，四医院收治了一个需要严密隔离治疗的重症患者，患者才读高一，家属焦急，社会关注度极高，上级部门高度重视。当时四医院没有重症科护理人员与相应技术，作为护理部主任的韦彩云内心很着急，她果断做出决策，请求外院增援。在领导的协调下，从广西医科大学一附院和自治区人民医院各调一名重症科护士来与本院的护理骨干组成护理团队，服务这名重症患者。经过精心治疗与护理，这个重症病人病情好转出院，这个难关算是闯过去了。

从此以后，韦彩云在这方面加大工作力度，选送护士外出进修学习，组建重症医学科护理团队，如今重症科已经有40多名护士，各项重症救护技术全面。四医院的传染病重症救护工作得到同行的广泛认可。

韦彩云严格要求自己，对工作有高度的责任心，严谨而满怀热情地处理好每一个工作环节，杜绝工作中的漏洞，从不疏忽大意。

可就是在这么严谨的工作状态下，还是发生了一件事，让她至今想起还心有余悸。那是几年前的一次医院体检，结果出来时，感控科科长找到她，把她拉到一个角落轻声地对她说，有个护士检查出HIV阳性。当时韦彩云的脑子一下全空了，愣了很久都没回过神来，有如很多棍棒一下全砸在她头上。她觉得这几年的努力全部都归零了，这个打击太大了。她强行让自己镇静了一下就去找吴锋耀院长。吴院长高度重视，叫检验科科长马上再做检验。做检验需要4个小时才出结果，当时韦彩云心里祈祷，最好是假阳性。那天院里组织相关人员开了一个碰头会。开完会，已到下午5点，大家都出去了，韦彩云一个人关起门来，在会议室里忍不住放声大哭。后来她已经不记得当天自己是怎么走回去的，回到家坐在沙发上，灯也不开，饭也不吃，不知道该如何是好，脑子里一团乱。如果那位护士检验结果真的是阳性，艾滋病科都没有人敢去做护理工作了；如果真的是阳性，她又怎么去面对那位护士？那位护士才二十来岁，还没成家，怎么向她父母交代？一连串的问题堆在她的脑子里，如一块块石头压在她心上，让她喘不过气来。直到晚上9点，她才硬着头皮打电话去问结果。当吴锋耀院长告诉她是假阳性时，她的心才重重地落下。后来她写了篇文章，叫《黑色星期五》，记录下这件难忘的事，强调医务人员要有职业安全防护意识。

虽然只是虚惊一场，但对韦彩云来说，印象足够深刻。在每一次的护士岗前培训中，她都会跟护士们强调，做一件事前首先要评估自己的安全会不会受到威胁，要切实做好防护措施。

有一次，她在医院内遇到一位问路的病人，那位病人说自己也是医护人员，遭受了职业暴露。她所在的医院让她自己来四医院做评估，她不知道到哪个部门去找医生。看到她又焦急又恐惧的表情，韦彩云就带她去了门诊评估。这个事情对韦彩云触动很大，她在培训班讲课时把这个案例讲出来分享，提醒大家，如果医院有护士发生职业暴露，不要让她一个人去面对恐惧和不安，要给她多一些关心。

韦彩云从事传染病护理工作35年，了解20多种传染病的护理工作，她在平凡的岗位上创造了不平凡的业绩，获得了众多荣誉。她曾多次获得“市级先进工作者”“卫生系统优秀护士”“优秀护理部主任”称号。2018年，她还获得中国护士志愿精神贡献奖。她是四医院传染病护理学科带头人，主持4项、参与10多项科研课题，现已发表学术论文20多篇；先后获南宁市科学技术进步奖三等奖1项，获广西医药卫生适宜技术推广奖三等奖3项。

此外，韦彩云还兼任广西预防医学会感染性疾病护理分会主任委员。目前，韦彩云还是中华护理学会第二十七届理事会传染病护理专业委员会委员、中华医学会结核分会结核护理专业委员会委员、中国医师协会传染病分会循证护理组委员、广西护理学会委员、南宁市护理学会副理事长、南宁市护理学会感染性疾病专业组主任委员。

韦彩云把护理工作与理论研究融为一体，为拓展护理部的工作做出很大贡献。然而她一直默默无闻地安心于本职工作，奉献了青春与智慧，就像春雨一样润物细无声。

淡淡的玉兰花香

一个飘满玉兰花香的下午，笔者见到了艾滋病科门诊护士长黄金萍，她是一位说话声音柔细、身材娇小的姑娘，脸上总是笑意盈盈的，如一朵暗香拂面的玉兰花，让人见了很舒服。

2003年非典时期，正在右江民族医学院附属医院实习的黄金萍，听到护士长说南宁市第四人民医院急招护士，就打电话回去与父母商量，得到父母的支持后，第二天就坐班车到四医院面试。顺利通过面试后，她成为四医院的一名护士。

她刚来的时候是在结核科，2005年四医院开创艾滋病科后，她交了请愿书，主动要求到艾滋病科的科室工作。

2007年，她曾调到艾滋病科门诊工作了几个月，在那几个月里，她很用心地学习。资深护士和病人沟通，医生教病人怎么吃药，她都在旁边听，用笔记下来。她把她学到的知识进行总结，回到科室对艾滋病病人做健康教育。就这样，十几年来，她积累了很多经验，这些经验不是一学就能会的，是她不断地去积累、摸索而形成的。因为她努力学习，所以她做得比别人优秀。对于她管的病人，她经常主动交流，把病人管理得特别好。病人出院的时候，如遇到不是她当班，还会特意托在班的护士传达对她的感激之情。

由于工作出色，2013年黄金萍当上了门诊护士长，主要工作是给艾滋病病毒感染者做服药依从性教育、疾病健康教育，提供心理关怀，让他们安心接受治疗。

黄金萍说，她不去强迫病人吃药，而是通过说道理让病人知道治疗的好处和不治疗的坏处，让病人自己主动提出吃药、主动接受治疗，形成自我管理。她每天会把很多时间花在抗病毒治疗前的疾病健康指导和心理辅导上，解决病人的心理问题。艾滋病感染者及病人要一辈子吃药，中途停药会伤害身体，而如果一些感染艾滋病的性工作者不吃药，造成的社会危害极大。作为医护人员，黄金萍和她的同事初衷是让艾滋病病人积极主动治疗。

多数患者的问题在于心理，黄金萍和她的同事们通过与患者沟通交流，疏通患者的心理，了解其需求和当前的困扰，始终把每一个艾滋病患者当作亲人或朋友，每天都在不停地和病人沟通，零距离地接触前来医院复诊拿药的病人，去帮助他们做心理减压，帮助他们走出阴霾，延续他们的生命。一天忙碌下来，黄金萍喉咙都哑了，回家都不想说话。但是，这是她的工作，是她的责任，每鼓励了一个病人就挽救了一个家庭，她会觉得自己的工作很有价值。

艾滋病患者形形色色，来自不同行业，年龄不同、身份不同。最让黄金萍心酸与惋惜的是那些经济困难的农民工，长期独自在外打工，一年到头，只有春节才回家一趟，有生理需要就找性工作者。艾滋病有5~10年的潜伏期，由于缺乏防护意识，很多农民工连自己何时染上艾滋病也不知道，回家后又传染给妻子，如果妻子怀孕了，不及时发现和采取母婴阻断，孩子被感染的风险就很高。有些农村孕妇，怀孕后并不去做产检，快生了才到附近乡镇卫生院去分娩，有些甚至在家自行分娩。最可怜的是小孩，一出生就被艾滋病缠上了，有些干预得早就能存活得久一些，有些发现太晚很快就离开人世了，令人痛心不已。

为了制止这些事情发生，黄金萍常常跟随艾滋病志愿者服务队入社区、下工地、进学校宣传艾滋病防护知识。

付出总是有收获的，这十几年来，四医院艾滋病门诊对病人的随访、心理辅导、健康教育、延伸护理、特色管理等一系列管理模式获得同行认可与高度赞赏。

虽说艾滋病门诊主要靠沟通去疏导病人，但也存在职业暴露的风险，黄金萍就有过一次职业暴露。她回忆起那次职业暴露后吃药的过程，内心还是很后怕。

那是在2015年，她帮一个感染艾滋病的吸毒人员抽血，抽完血丢弃针头时，针头粘在她的手套上反弹回来刺伤了她的手。那位病人刚服药不久，病毒载量很高。黄金萍必须服用阻断药物，她觉得吃抗病毒药是她这辈子干过的最痛苦、最难受的事情。正常人吃这药比艾滋病病人吃药的反应更大，那种感受就像一团肥肉堵在喉咙里。她刚把药丢进嘴里，端起水想喝下去，喉咙就一阵翻腾，药粒全部喷了出来。看到药粒掉在地板上弹跳滚落，她又是一阵恶心。来回几次，药没吃下一粒反而把自己折腾得筋疲力尽。她对当时的艾滋病科大科主任黄绍标说，不吃了，太难受。黄绍标安慰她说，药还是要吃的，吃了放心，要不等结果的这几个月都是胆战心惊的。

没办法，她只好强吞，吃了吐，吐了吃。吃药后，她的反应很大，头晕恶心，吃不下任何东西，身体软弱无力，一周上不了班，整个人一下消瘦很多。那几天，靠同事到她家帮她打点滴她才能支撑过来。她自己吃过抗病毒药后才知道那种难受的滋味，痛苦得难以形容。以前她和病人说，药难吃，但是都得吃下去。

这之后，她改为这样说："吃抗病毒药是很辛苦的，比你吃任何一种药都辛苦，但是为了自己的命，要吃下去。"

黄金萍用平和的语调说出了她从医以来的故事，透出一位医者高洁的情怀，仿佛一枝白玉兰散发出淡淡的清香。

生命的重围

6月的阳光透过窗帘掩映的窗子，投在一间洁净的房间里，白大褂、盒子、医疗器械，桌面上的工作日志本，都有了光的映照，整个房间里安静得可以清晰听见水龙头滴水的声音。

这是南宁市第四人民医院血液净化科的一角，护士长苏春雄正背对门口，微弯着腰身面对瓷白的洗手盆。听见笔者走进房间的脚步声，苏春雄抬起那岁月磨不去娟秀的脸庞，脸上有掩饰不住的倦意。笔者看到她在仔细地洗着手，她把每一根手指都洗得很干净。

笔者细看了一下，发现她双手的指缝间全是过敏的红斑。

"苏护士长，这是怎么了？"笔者问。

"消毒液用多了，过敏。"看到笔者不理解的眼神，她解释道，"我们每给一位血透病人上机、下机都必须进行手消毒30次左右，这并不是因为我们害怕被病人传染，而是行业标准要求，要做到双向保护。我们要以洁净的手接触病人和医疗用品，做不到就不符合要求。"

是的，苏护士长就是这样每天用干净的手呵护生命。

苏春雄自大学毕业就来到四医院工作，至今在这里工作快35年了。

35年光阴都在四医院度过，她的青春年华贡献给了医疗事业，她看过无数生命体往返于医院的走道、诊室和手术室，她在这个充满了浓重消毒药水的环境中呼吸、忙碌和思考，她从一个个病人不同的表情和身影中感悟到他们对生命同样的渴望。她在一道道由肉身组成的生命围墙中书写下对职业的忠诚与热爱，也留下温暖人心的永恒之光。

苏春雄原先在肝科病区工作。四医院刚开始收治艾滋病患者的时候，就收治在她们病区。当时人们对艾滋病的认识还不清晰，绝大多数人对艾滋病是认识不足的，其中也包括医务人员，普遍存在"恐艾"现象。艾滋病病人的恐惧、焦虑、绝望是难以形容的。患病后他们有的拿钱来烧，有的割脉。那时的抗病毒药品种少、副作用大，病人很难坚持吃药。苏春雄在这样复杂的情境中磨炼自己的耐性，并对这些身陷痛苦的艾滋病病人产生悲悯之心，想尽种种办法帮助他们。她曾护理过一个28岁的小伙子，长得高高帅帅的，那小伙子的父亲也高大帅气，母亲很漂亮，看得出他们是很幸福的一家人。他们告诉苏春雄护士长，这个小伙子名牌大学毕业后出去工作，因跟老板去应酬，染上了不良行为，得了艾滋病，父母伤心透了。苏春雄护士长说："看到这样的情况，真的感到痛心，因为我们也是做父母的人，感同身受。"2011年，四医院成立血液净化科，苏春雄进入这个科后，跟艾滋病病人接触就更加多了。那时人们对艾滋病的认识提高了，防护知识更丰富了，对艾滋病病人没那么歧视了，抗病毒药的品种也多了，病人也变得乐观起来。作为医护人员，苏春雄和她的同事都有很好的心理素质，想尽一切办法去减轻患者的痛苦。

苏护士长说："我们血液净化科接触的全是血液，我提醒科室的医生护士注意做好防护措施，我自己也很注意，谨防职业暴露。”在拯救别人生命时，自己也面临着职业暴露的危险，这是对医务人员体质和心理承受能力的考验。

“血液净化科的医生和护士长年累月重复做着同样的工作，中午从来不休息，吃饭也不规律，到吃饭时间，饭堂阿姨帮打饭上来了也没时间吃。很多时候过了饭点，也就没有胃口再吃了。我们每天比其他科室的医务人员上班早三四十分钟，给早早等候做血液透析的病人上机。直到9点、10点才有时间去吃早餐。11点半到12点半第一批病人陆陆续续下机，接着又要消毒机器、准备上机药品等，稍微晚点就会影响下一批病人的透析，病人就会闹意见。”说着说着，苏护士长的眼眶就红了，“病人上下机的点正好是上下班时间，像我们今天有19个病人上下机，早上7点20分就来给他们上机了。我们的工作长年累月都是这样的。病人在做血液透析的时候，我们还要随时注意透析过程中发生的变化，如有血凝了，我们就要及时去处理，一不小心就会发生职业暴露。在医院做血液透析的有五六个病种，要严格划分区域，严格消毒，工作量很大。”

各县市医院因传染病合并尿毒症病人量少，条件、场地不符合要求，病人只能到四医院来做血液透析。由于有的地方还没有动车，病人从外地到四医院做一次血液透析不容易。这些病人来了，只要有机器，不管什么时间点都会马上给他们治疗。只有及时给他们上机，治疗才能按质按量完成。护士们每天早上7点多到医院，一个班次下来，完成本班次透析治疗和各种记录，基本上每个人要上10个小时的班。病人多，工作量大。上完机，每小时还要给病人测血压，看病人在透析的过程中有什么反应，加药，记录，换血浆，一刻都不能离开。节假日她们都很难安排休息，苏春雄护士长责任在身，即使是休息日，也不放心，都要过来医院看看。节假日，她们比平时工作日还忙，因为有些病人只有放假才有空来做血液透析。血液透析要按时做，超过一天不及时做，病人身体就受不了。为了让护士能在节假日休息，护士长只好顶班。

虽然没有绘声绘色的描述，但苏春雄道出了她们团队的工作情景——每分每秒与时间赛跑。她们在日与夜的轮回中奋斗，她们在重围中寻找突破，唯有看到生命的曙光，才能实现救死扶伤的崇高目标。

在血液净化科，苏春雄总是对护士们说，舒心是良药，它治愈生活中的疾病，平息生活中的争斗，艾滋病患者患病已经很难受了，希望大家用心、用情去对待每一位患者，让他们感到暖心。有一位25岁的年轻母亲小朱（化名），靠长期血液透析维持生命，她的儿女还小，丈夫在外打工。面对疾病的折磨、昂贵的治疗费用，她一时难以接受，曾经有过轻生之举。苏春雄和血液净化科的医护人员耐心开导她，把她当作亲人一样对待。6年多的时间里，黄瑞芬护士三番五次陪她上街帮孩子买衣服。小朱在四医院医务人员的关心下再也没有过轻生的念头，一直坚持治疗，直到生命终结。

苏春雄的付出赢得了患者的认可与尊重，患者都念着她的好。有一年夏天，天气很热，一名患者顶着烈日，手拿两个鸡腿，在医院的大门外等了两个多小时，只为了送给苏春雄。看到这一幕，苏春雄说再苦再累也值得了。

除了血液净化科的常规工作，苏春雄还承担了科研和教学工作。她在广西的血液净化领域还是很有影响力的。2019年5月29日，由她牵头举办的血液净化方面的继续教育项目研讨会召开，广西各家医院都派人参加了，参会人数达四五百人。

“如果你没有影响力别人是不会来参会的，现在报名人数太多，我们医院的会场都坐不下。”苏春雄说。她的课题“艾滋病透析生存期的研究”在亚洲年会上得到介绍。2019年10月，苏春雄在日本国际肾病峰会上做了专题报告，她把血液透析临床经验与医学理论相结合，通过研究影响艾滋病维持性血液透析患者生存期的因素，指导临床护理工作。这是一个由外到内、感性与理性结合于一体的科学分析，在临床实践中有一定的指导作用。

我们正聊着，有护士来叫苏春雄："护士长，快来，5号床病人需要您过去看一下。"她说："马上到。"又转向笔者说："不好意思，我要忙了。"说完，她匆匆地走进了血液净化科的工作区。

笔者离开的时候，才注意到血液净化科墙壁上的荣誉墙挂满了奖状，还有血液净化科医生护士们的简介。其中，苏护士长的简介是这样的：

多年来参与研究的课题8项，“艾滋病维持性血液透析患者生存期影响因素研究”为重大课题，获资金50万元；课题“多种血液净化联合治疗HIV/AIDS合并急性功能损害疗效观察及护理研究”获广西医药卫生适宜技术推广奖三等奖、广西护理学会科技进步奖三等奖、南宁市科技进步奖三等奖；获国家实用新型专利1项。近三年有论文《艾滋病患者血液净化风险管理》发表于《齐鲁护理》杂志2015年3月第21卷第14期，《不同血液净化联合治疗HIV/AIDS合并急性肾功损害临床分析》发表于《中国艾滋病性病》杂志2015年1月第21卷第1期，《不同血液净化治疗艾滋病肝衰竭17例临床护理》发表于《齐鲁护理》杂志2016年3月第22卷第3期，《血液透析的艾滋病患者死亡相关因素分析》发表于《中国艾滋病性病》杂志2018年1月第21卷第1期。率先开展传染病病人的血液净化，挽救和延长了大量的艾滋病、丙肝、梅毒、结核病等传染病病人的生命，提高病人生活质量，另外还率先在全区开展“双重血浆分子吸附术”，治疗大量重症肝炎病人。多次受邀到区医院、瑞康医院、桂林医学院二附院、南宁市八医院以及贺州、钦州、河池、东兴、贵港等地的多家医院指导推广此项技术。社会兼职有广西血液净化质控委员，广西护理学会第二届肾脏病专业委员会委员，南宁市第十届、第十一届政协委员，中国研究型医院感染与炎症影像护理专业委员会副主任委员。

情满手术室

手术室是生与死较量的平台。在南宁市第四人民医院，无论是医生还是护士，只要进入手术室，都全力去医治病人。他们全副武装，只露出两只眼睛，如一支神秘的突击队，去攻克堡垒，克敌制胜。四方手术间，三尺手术台，无影灯下，他们冒着职业暴露的高风险，和死神做斗争，同时间争分秒。手术护理团队和手术医生一样，都是生命的守护神。李源就是这个团队中的一员，作为四医院手术科的护士长，她深知自己身上担负着怎样的重任。

李源于1992年7月以优异的成绩毕业于南宁地区中等卫生学校，后来被分配到南宁地区医院的手术室工作。2003年5月，她调到南宁市第四人民医院手术室工作；2007年11月，她通过竞聘当上了普外科护士长。2007年至2013年，李源先后到门诊、结核病区轮岗，其间在护理部韦彩云主任和大科护士长的带领下，积极参与科研项目论文写作，现已发表论文9篇（包括核心论文1篇）；参与科研项目7个，其中自己负责的科研课题1个，于2016年6月结题验收。李源参与的科研项目获广西医药卫生适宜技术推广奖二等奖、三等奖，南宁市科技进步奖二等奖等。

南宁市第四人民医院手术麻醉科的前身是妇产外科，成立于1996年5月，主要服务于周边居民和部分传染病患者，当时只有2名手术护士。2000年手术麻醉科独立出来。2013年7月，因工作需要，李源调回手术麻醉科当护士长。2016年9月19日手术麻醉科搬到了5号楼5楼，那里有现代化的手术室，配备了先进的仪器设备。经过这些年的建设和发展，手术麻醉科现在共有9名护士（1名副主任护师、4名主管护师、3名护师、1名护士），已成为集诊疗、教学、科研于一体的三级甲等传染病专科医院的人文科室，开启了新篇章。李源护士长带领手术护理团队默默地奉献，以饱满的精神迎接每一天新的挑战。

“艾滋病手术患者大多病情复杂，合并症多，手术难度大，术中的各项操作都有职业暴露的风险。一台手术往往要七八个小时，有时要十几个小时。由于站久了，很多医护人员患有下肢静脉曲张。”李源温文尔雅，徐徐道来，却展现出手术室医护人员紧张忙碌的工作节奏。

手术护理团队总是这样默默无闻地工作着。手术前，洗手护士洗手消毒，穿好手术服，戴上手套。随着她将无菌单铺好，手术刀、止血钳、纱布等准备完毕，一台手术即将拉开序幕。巡回护士像巡逻的哨兵，密切注视着手术的进行。输液、输血迅速及时；呼吸、心跳、脉搏、血压，随时监测——这些指标表现着手术病人的生命体征，一分钟也不能松懈。器械护士全神贯注地注视着医生的一举一动，医生一伸手，想要的器械就已在手中。每个护士在任何情况下都要按照规章制度和操作流程独立完成各项工作。

手术室护士和人们想象的“白衣天使”不一样。她们不穿白大褂，穿的是带有消毒水气味的手术服和拖鞋；工作环境封闭，很少与外界沟通。不过李源觉得：“在这里，更能体会医务工作者的责任与使命，更能感受白衣天使的崇高与伟大。”

手术室全封闭的环境，容易使病人产生恐惧感，继而对医务人员产生抵触情绪。安排手术前，护士会到病房把疾病相关常识和手术注意事项告知病人，帮助病人以平和的心态迎接手术。病人进手术室前，护士会在手术室门口向病人描述手术室环境，介绍手术医生和护士，并告知会使用哪些特殊器械，帮助病人消除紧张感。手术后，护士还会对病人进行回访，了解其康复状况。

手术室时常面临各种突发状况，需要大家24小时待命备战。手术室的工作可以说是一张一弛，“张”是紧张，做严谨的手术工作；“弛”是把所有手术病人安全送回病房，才能松一口气，缓一下神。但是随时又准备接急诊手术，随时待命，随时加班。有一次，李源下班回家后，半夜接到医院的紧急电话，让她赶回科室做手术。两个多小时的手术结束后，已是凌晨4点。可当她回到家中刚躺下不久，科室又打来电话，又有一位急救病人需要手术。于是，她又骑车赶回医院——这对她来说是常有的事。

手术室是个安静却又紧张的无硝烟战场，每一项工作都要谨小慎微，要防止发生职业暴露，严格执行安全核查与物品清点。手术医生做微创血管手术时，要用的缝针很细，每次都需要清点得很仔细，做完手术再次确认“无缺如”才能离开。在手术过程中，如有突发情况，还要去跟病人家属沟通，告知情况，要家属签字。

患者在医院接触最多的是病房的医生和护士，而手术室的医护人员是幕后英雄，病人进入手术室只能看到他们的眼睛、听到他们的声音。从接病人进来做手术到送病人出去，中间可能有几个或十几个小时的时间，一进来他们会跟病人做沟通，提供心理支持，但实施麻醉后就无法交流了，病人做完手术清醒过来，麻醉药没有完全代谢，所以也不能记得太多的现场医务人员。

李源和她的同事对艾滋病患者从不歧视，都一视同仁。有一位年仅28岁右上肢皮肤溃烂腐臭的艾滋病患者，皮肤经过手术整形得到修复，他康复出院时，还特意到手术室楼层，按响门铃要求见一见手术室护士，只为表达两个字“谢谢”。看到他满脸感激的神情，李源觉得付出是值得的。

没有太多的鲜花和赞美，但这里有一场场惊心动魄的生死急救。他们把辛苦置于脑后，把微笑绽放在眼睛里——他们是绿衣天使，他们是幕后英雄。

手术室的医护人员不知道什么时候会迎来什么样的病人，有的病人到了非做手术不可的地步，病人的家属却不理解，不想做手术。有一次，手术麻醉科半夜收治了一位嵌顿疝的艾滋病病人，病人疑似发生肠管缺血坏死，须立即做手术，医生与病人家属沟通却得不到理解。病人家属不签手术同意书，医生是不能做手术的，主治医生耐心地跟病人及家属讲解病情，做了近一个小时的沟通，病人家属才签了字。手术做了三个小时，医生、护士做完这个手术天也快亮了，回去休息一下又开始第二天的忙碌。

掐指算来，李源从事手术室的工作已有27年之久。回顾这27年的历程，她深深地感受到生命的价值在于奉献。平凡的岗位造就了她不平凡的人生，也赋予了她生命的厚度。李源护士长说她热爱这份职业，因为手术室里有春天。她要把满腔热情投入这个工作，书写生动感人的好文章。

不长翅膀的天使

四医院的感染科有过沉重的过往，那里集聚了哮喘、咳嗽与呻吟，许多生命在这里终结。人世间的悲凉与沉痛在这里反复上演。在这里，人们不会敞开胸怀咏诵生命强劲的诗歌。感染科有无法阻断的病菌，在不可预测的某一瞬间传播出去，随时可能感染另一个健康生命使其致病。

有一群人却在这里安下心来，在漫长的职业生涯中把这里视为施展抱负的平台。他们的人生与感染科结合为一个整体，并造就了医疗界的传奇。他们没有视此为死亡归宿，而是视为再生之所。他们在办公室可以看到辛勤的农人在黑色的泥土上面种植各种蔬菜，采撷果实与叶子，这在他们眼中是生机勃勃的景象。广阔的绿色与水塘相依，夕阳返照，清风吹拂处闪烁波光，鱼儿在水面上不停跳跃，绿草环绕的塘堤时有蜻蜓在翩跹。在他们的明眸中，这些就是生命的迹象，是在抢救生命的疲惫过后得到的绿色抚慰。而近处有一所学校，学生们诵读的声音如放飞音符的翅膀，掠过阳光和清风，绵延光阴。

即使如此，这群医务人员仍然不能把自己视为快乐的天使。

因为他们每天都面临着严峻的挑战。他们没有翅膀，无法带所有人离开充满各种医疗险情的境地。但在人们的意识中，他们又确实是给人间带来安慰与护佑的天使，因为他们，人世间的病痛和心灵的创伤得到疗治。

他们见过太多在病房中呼叫、挣扎，甚至对自己和他人施暴的病人。这些人在病痛的折磨中失去耐心，会把内心的痛苦、仇恨和怨气对身边的人发泄。医护人员所承受的压力最为直接，但又必须面对。

从非典到艾滋病，再到新冠肺炎疫情，在传染病的无声战场，他们经历了许多场生死攸关的考验。每一个情景都是惊心动魄的。一名艾滋病患者已全身溃烂，被痛苦折磨得整日喊叫，他的病床上脓血沾满被子。他的家人都已远离，孤独感与病痛同时向他侵袭。此时，是白衣天使走近散发着恶臭的他，为他洗擦身上的脓疮。白衣天使一边忍受着难闻的恶臭，一边向病人解说他的病情可以怎样医治。原本挣扎着大声叫骂的病人平静下来了，他选择服从医护人员的安排，积极治疗。十几天后，他竟然奇迹般好转起来，如同正常人一样恢复了生活的能力。曾经远离他的家人，在接到医院接人的通知时，起初还认为是要家人来处理后事，想不到还能看到他的“重生”。医护人员目送着他远行，感到无比愉悦。在以后的日子里，这个曾经走近死亡边缘的艾滋病病人，经常到四医院检查取药，与护理过他的白衣天使讲述自己的温馨生活。

艾滋病病人的构成是复杂的。四医院感染科病房里曾经常发生失窃事件，手机、洗衣粉、沐浴露、洗发露都会不翼而飞，一些病人甚至趁护士在别的病房换药时偷护士的手机和钱。在卫生间会有因注射毒品而昏倒的艾滋病吸毒者。面对这一切，医护人员要以加倍的耐心、爱心和责任心，为病者矫正其不良行为。

在感染科，有的医护人员曾经因难以接受复杂情境而申请换岗，留下来的也有不少人在对外接触中尽量不提自己是医治艾滋病的医护人员。然而，更多的是视此为神圣职业的人，他们将拯救人于痛苦与死亡之中作为自己的座右铭，他们要在这个灰暗的环境里展开心灵的翅膀，释放温馨的气息和明亮的光。鲜花摆在病房、医生办公室、护士办公室、病区，每一朵花都给人温暖。

在医护人员建立起的微信群，病人们相互提醒着复诊、服药，群里充满了温暖气息和真诚的祝福。在病区和诊室，常常有出院之后的病人送来结婚喜糖、生日蛋糕和请柬。

感染科的医务人员把防治艾滋病的宣传当作一项意义深远的事业，在广西百色、钦州、防城港、来宾、玉林、桂林、崇左等地，都留下了他们宣传预防和抗击艾滋病的脚印。他们在这些地方开展了一场场人文道德演讲，让爱的关怀如同春天的气息，感染每位听众。

没有翅膀的天使，在无限的时空展开了爱的翅膀。

诞生

诞生是一个生命的首次亮相，是从无到有的跨越。好比一粒种子，在地下经过了时间、雨水的孕育，终于在某一时刻伸出鲜绿的嫩芽。又如一株能结甜蜜之果的荔枝树，会在充满阳光的六月向人间奉献出鲜美的果实。大地因此而生生不息。人们在漫长历史进程中的隐现，归根到底是处于诞生与消亡之间。在这个过程里，产生了欢欣幸福与悲痛迷茫交织的深刻体验，激起了心灵的颤动。

没有任何一种生命的诞生像人的诞生那样富于激情和热烈，充满爱与感动。人类世界因为新生儿的诞生而有了无限生机与希望。当婴儿的第一声啼哭响起，让人感到的是孕育终有成果的大快乐，瞬间明亮的心情如同朝霞一般灿烂。

在千万种职业中有一项与生命诞生最为亲近的职业，那就是打开生命之门的妇产科。医护人员粉红色的工作服里面，跳动着无比强大而阳光的心脏，她们接纳着远远超于人们所理解的那种困难。在此时，粉红色别于白色，更有一层温暖的感动，是充满幸福与痛楚的产室中的一种希望。她们经过无数个黑暗之夜，用纤手托起生命的旭日。她们感受到病人为维系生命而经受无数的考验与压力，也意识到那些可能危及自身安全的病毒袭击。透过她们的背影，我们看到天使在艰险与恶污中传递生命信息与拯救生命的感人风采。

在近镜头中，她们是四医院妇产科的一群助产医生和护士。

黄美华是她们当中的一员，她曾眼看着身边的亲人因为生育而陷入痛苦，在不得已的危急中用自己在卫校所学到的知识，承受巨大压力为无力的产妇接生。她先看到婴儿的头，当这混沌的一团从生命之门出来时，在腹内久产不出的胎儿没能发出一声啼哭。是她，用嘴吸出堵在婴儿喉咙的污物，一口又一口地吸与吐。她精疲力竭，原来的洁癖与惊恐都被抛于脑后。后来婴儿的小脸蛋有了红润之色。她看到了危情中的肉体恢复了生命的迹象。而此刻，她却痛哭一场。在后来的生涯中，她竟然进入南宁市第四人民医院的妇产科内，一干就是30多年，从护师到主管护师，再到副主任护师。妇产科成为她一生的归宿，也是她实现人生价值的平台。在四医院妇产科经她接生过的婴儿很多早已长大成人，而她至今仍在这生命诞生的岗位上奉献才智。一种叫忠诚的意识在她曾动荡不息的内心牢牢支撑着她，让她坚持了无数个白天和夜晚。唯有新生的生命发出的第一声啼哭，才令她兴奋。

然而并非所有腹中的生命都能平安出生，艾滋病产妇在妊娠过程中会出现许多复杂的情况，难以求得母婴双全的结局。2017年3月，一位25岁的孕妇，感染HIV并出现急性肝衰竭先兆流产的症状。由于肝衰竭，病人凝血功能极差，很容易发生产后大出血并危及生命。经说服，孕妇及其家属决定放弃胎儿。妇产科准备了血浆、红细胞、血小板和冷沉淀等，果断进行手术以保全产妇的生命。孕妇在此时就是一个被拯救的生命，也是一个再生的生命。

现实并没有文字所记叙的那么简单。妇产科集合着医术高明的医者，以及对本职工作充满热忱的护士们，她们美丽的青春在充满着呻吟、威胁与不安的环境中发出了令人温暖的光芒。一个叫庆雯的助产士就是这样，她的身段高挑而窈窕，细柔的声调很动听。在繁忙不息的节奏中，她推着治疗车在长廊与病房之间快速地走动，用白嫩纤细的手清理那些被血污和粪便弄脏的病床。只要她在，一切都显得那样干净而利索，而她永远留给人们美丽动人的印象。

她刚来医院的时候，妇产科技术主任李英伟曾担心她娇气、不能吃苦。这里是传染病医院的妇产科，“又脏又累的妇产科”这已经是业界的共识，妇产科护士技术要过硬，还要经常接触各种传染病，包括HIV感染者的血、尿、粪便等，职业暴露的风险也非常大，庆雯这样集万千宠爱于一身的美女适应起来不容易。

果然，不久后发生的一件事更增加了李英伟的担心。

那是春节前的一天，早晨8点，妇产科的医护人员着装整齐，分列两边，认真地聆听夜班医生、护士、助产士的交班，突然听到砰的一声响。李英伟转头一看，庆雯晕倒在地上了，脸色苍白。大家连忙把她扶了起来。这时她也苏醒了，护士长迅速给她测量生命体征，是低血糖，原来是因为她家里有事来不及吃早餐。李英伟见状，赶紧让护士长扶她去休息，并叮嘱记得给她买点早餐吃，同时不禁担心：这么脆弱的身子，上起忙碌的夜班她能行吗？

然而不久后的一个夜晚，李英伟主任目睹的一件事让她彻底改变了对庆雯的看法。那个晚上，李英伟刚出完门诊回到住院部，就看到庆雯小跑地推着抢救车，眼神中流露着焦急。原来是有一个HIV感染的产妇剖宫产术后大出血正在抢救。李英伟迅速赶到病房，看见蒙春莲主任带领当班医生徐丹正在给产妇做子宫按摩，给宫颈注射欣母沛（卡前列素氨丁三醇注射液）止血。产妇面色苍白，臀部下面的产褥巾已经完全被血浸透。她的丈夫在一旁抱着孩子，因焦急而不满地大声嚷叫。

在这万分紧急的关头，李英伟和蒙春莲意见统一，说马上把产妇推到隔离产房去处理病情。一旁的庆雯没等李英伟吩咐，就健步如飞地推来了平车，纤细的身体就像注入了巨大的能量。她和几名护士飞快地把产妇抬上了平车，运送到产房的产床上，紧接着就跑去输血科取血去了。

李英伟她们定的抢救方案是在输液输血的情况下给产妇宫腔填纱压迫止血，但是填了两次纱条都没有成功，产妇子宫收缩没有明显好转，产后出血已达1000多毫升。情况紧急，她们一边迅速向医务科汇报情况，一边向家属交代：病情紧急，需要马上介入治疗，否则产妇将有生命危险。产妇的丈夫骂骂咧咧，很不情愿地签了字。这时候曾被李英伟主任认为娇气的庆雯，在前面拉着载有产妇的沉重平车跑着，别的护士在后面推着，把产妇运送到了介入科。由于担心介入科的夜班护士忙不过来，本该下班的庆雯并没有回去，一直在介入科协助工作。

正当介入科黄志忠主任穿好隔离衣准备给产妇做治疗时，意外出现了。由于刚才用了欣母沛，产妇出现了无法控制的腹泻，大量稀薄恶臭的大便排了出来，垫在她臀部下面的产褥巾全弄脏了。这时候，庆雯立即戴上两层手套麻利地收拾起了粪便，擦干净产妇的臀部，换上干净的产褥巾并再次消毒。手术得以继续进行。在黄志忠主任高超的介入技术治疗下，产妇的阴道出血终于止住了。

参与抢救的医护人员都长长地松了一口气。回到妇产科办公室已经是晚上9点多，大家累得筋疲力尽。这时李英伟突然想起大家都还没有吃晚饭，当她拿出手机给大家订外卖时，却怎么也找不到庆雯。科里护士说庆雯已经回家了，原来她这段时间为了准备职业考试每天晚上都要复习到很晚……李英伟这才恍然大悟那天早晨庆雯为什么晕厥了，原来她是如此努力。这个事情让身为妇产科技术主任的李英伟感到很欣慰。妇产科的护士漂亮能干，服务水平高，护理技术娴熟，这就是天使的模样啊！

生命的诞生不只依赖一个人的努力，而是集体的劳动成果。妇产科40多个匆忙的身影是清澈的流泉，是寒冷中的火苗。无数花朵于夜间的绽放，多么富于生机、色彩斑斓。

在四医院妇产科，诞生就是这样一个内涵丰富的词语。

关怀之灯

很多艾滋病患者无法述清自己是如何得了这种顽疾，他们只意识到，一旦患病就面临死亡。他们对于生的牵挂更多地来自对家庭每一个成员无法放下的责任与爱，然后才是对自身肉体的不忍放弃。他们要对付潜在身体里无法捉摸的敌人。这个敌人吞噬着他们体内的免疫细胞，使他们原来强健的体格变得衰弱，失去往常的生活能力。他们整日咳嗽、发烧、流鼻涕、发冷发热，身体长出疮疱，破损处发出难闻的恶臭。他们的视力将会受到严重损害，无法看清春天的花朵和秋天的果实，人世间美好的一切都将变得模糊甚至消失。他们会陷入人生深重的黑暗。黑暗是一重命运之门，将他们紧锁，将他们压迫。他们会失去亲人和朋友，变得孤立无援。

这些都是实际存在的现实，而且还有比这描述更加险恶的情况，比如在长久疾病折磨中心性发生畸形的变异，由善良变为暴躁而凶恶，由宽容变得自私与冷酷。在无法预料的某一时刻，他们面对医务人员突然举起暗藏的刀子和针管，威胁身边的人们和医务人员。在这样的传染病区，纯粹、诗意和美好的抒情，都只能是文字上的超现实的描述。

与疾病相较，更可怕的是病人心中的黑暗进入永夜。这些人需要无限的光明去照亮前程，让他们感到生存的温度与希望。这些活在生死之间又抱着必死之恐惧的人，需要用光来唤起他们的自尊和自信。一旦被感染HIV，无论职位高低、生活贫富，一律要接受医疗规程中每一个具体的治疗：输入“抗艾”药液，服药，洗抹身体上疱疹的脓血；一律要定期检查，放下一切恶习，并且要抑制与生俱来的自然属性，放弃曾经滥用的乐趣与嗜好，要成为生活秩序良好的遵从者。如此，生命就在药物与自身的忍耐中得以维持。

这还远远不够。对于一个忠于职守的医护人员来说，他们要把言辞上的关怀与爱变为行动，这种关怀从内心开始而延伸到日常生活的每一层面。他们要把这些被社会和亲人边缘化的弱势群体视为服务对象，视为亲人。他们除了指导病人服药，还普及维系病人生存的膳食知识。医务人员的服务也从常规治疗延伸到病人的生活指南。

“对病人进行膳食指导，建议他们进食高蛋白、高维生素、高碳水化合物、低脂肪易消化食物：以米饭、粥、面条为宜，一日三餐。特殊患者比如呕吐频繁者，还可添食姜、薄荷、甘菊茶等，少食多餐，有助于减轻恶心呕吐症状。慎用乳制品或油脂类食品，避免咖啡、烟酒和辛辣刺激食物。有明显脱水和电解质丢失的患者，可摄入口服补液盐、电解质溶液等。腹泻患者进食燕麦麸片粥效果好且廉价。”四医院感染科二病区的卢护士长说。

这仅是日常生活知识的普及，要使病人身体得到根本好转，必须把“医心”和“医病”一同进行。四医院医务人员坚持“以患者为中心”的宗旨，深谙不同阶段、不同症状疾病的特殊性，他们对所有病人都平等对待，不歧视，不厌恶，不恐惧。以增强自信心为引领，激励病人勇敢地面对困难与病痛，战胜病情，迎接新生。气氛越惨淡，越要以悲悯的情怀面对。医务人员在此时既是营养师又是心理医生，将人文关怀送达每一个病人。

医务人员常常向情绪不满的病人及其亲人解释病情的来历，阐释他们生活习惯与病情的关系，也介绍社会环境比如卫生环境、娱乐场所和日常交往对于人心理的转化及身体健康的影响，让病人理解病情形成与治疗的因果关系。他们尽力运用社会主流弘扬的道德理念和人生态度，比如孝敬与宽容、仁义与理智，去对那些沉迷于以自我为中心而不能自拔的患病者做由表及里的引导和教育。对于不同年龄、不同阅历的病人，他们的对话方式都有明显的针对性，争取在对话与接触中让病人放下心魔。在传播这些病理常识与文化观念过程中，他们深深感到医疗是一个综合概念而不是孤立的定义，医疗绝不是医务人员一个人的战斗，也不是药到就能病除的康复方式。

每一个医生和护士都有自己信奉的格言，四医院感染二科苏绮思的格言是“责任与坚守”。她认为只有具有高度的责任心才能对平凡职业有执着的坚守，把爱心写满医务日志。陆怡辛护士的格言是“疫病无情，天使有爱”。这就是医护人员的使命所在。医务人员的爱心与关怀在众多患者的心灵中点燃一盏明灯，照亮他们的生活。

青春自此远行

人的生命只有一次，人的青春也只有一次，就像每天只有一个早晨。朝霞中的旭日犹如远行的船只，向遥远的西天航行。远行，是青春满怀希望的追逐，是激情与梦想的释放。

在四医院，许多青春年华在这里集结，一年又一年，他们在这里翻开了人生每个阶段的崭新一页。这一页没有可口的蛋糕，没有鲜花相迎，也没有激动人心的掌声，只有医院周围披满春天的树木、夏日丰沛的雨水和秋天的萧瑟相伴。冬天啊，它的寒冷使生命的意义变得深刻。他们曾面对四医院最早时期破旧的房子、简陋落后的医疗设施，放下了行李，在入职签到表上签下自己的姓名。他们在这里呼吸、言说，张开手臂拥抱新生的日子，绽放灿烂笑容迎送一个个春秋。

他们是焕发青春朝气的人，怀着远行的梦想，要去创造一番人生的奇迹。而此刻，四医院成为他们的大本营。他们像一叶扁舟置于命中注定的港湾，必然面对起伏的海面，又像车轮在曲折而漫长的路上飞奔，驶向理想的彼岸。

他们是富于幻想与热情的一支青年医护团队。面对危及人类健康的疾病，他们也有过忐忑不安甚至惊惧。他们还没有足够的洞察力和经时间淬炼的坚强意志，但也凭着自信心与对职业的忠诚，为履行青春誓言而豪情满怀，脚踏实地地工作。

一位叫李树芳的护士美丽得如同天使。她进入四医院后，更感受到生命延续与爱的传递。许多病人正值青春年华，因缺乏“防艾”意识而受到感染。他们中有一部分人是正在向往未来美好世界的大学生。李树芳深深体会到，在四医院感染科工作，是对青春的守护，她要让这些正在成长的年轻人得到应有的爱护，使他们能像正常人一样在祖国的大舞台上发出光和热。

正是出于这种良好的意愿，李树芳和其他所有风华正茂的年轻人一样有了高远的志向。她心怀悲悯，忙碌于输液、送药、更换被褥和端倒粪便等细微的事务。在这些琐碎的工作中，她感受到与另一个生命的紧密联系，她明白她的每一句问候和每一个动作都牵动病人正需要抚慰的内心。

李树芳自从进入四医院就没有拥有过一个安逸的日子，她深感人生意义正在奋斗中形成和发挥作用。理解她的人也是最贴近她的人。跟她同样年轻的丈夫，为她把四医院作为放飞理想、步向未来的远行之地而感到欣慰，赞扬她是护卫生命的天使，称赞她是战斗在最危险地区的“排雷先锋”。他把家庭事务全揽在身上，照顾小孩和老人，打扫房子和庭院，给阳台的花浇水，洗衣做饭全不在话下。无论多忙，都驾车到四医院等候她下班，常常在楼下等上三四个小时，这种耐心正是理解与爱她的表现。

由此，四医院感染科绝不是一个科、一个人在战斗，医务人员的亲人、朋友都为此默默付出。是的，有很多这样的医务人员，从进入四医院以来，放弃了与恋人在公园、河岸和绿堤上携手漫步的美好时光；反而在四医院楼下，在那水花飞扬的喷泉周围多了一些等候恋人和亲人的家属；有多少牙牙学语的婴儿在窗口前与年轻父母飞吻告别。而这里的时光静悄悄流走，风也静悄悄吹过。树木就在春去秋来中成长，青春之花在吐露芬芳。四医院里的年轻人从不停下脚步，心中总有远大的志向，他们要像吴锋耀、杜丽群、邓建宁那样，一步一个脚印，不轻言放弃，永远朝着“为生命站岗”的崇高目标前行。

天上的白云若白衣天使的大褂在摇动，又化作甘霖润泽人间。

第四辑

生命之光

医院音乐角

在一架钢琴前面，一位表情坦然的帅哥弹出了优美的旋律。

这位用音乐奏响生命乐章与青春激情的小伙子，名叫黄卓鹏，毕业于广西艺术学校。他经过艰难的磨炼才能有如此卓越的艺术技能，弹奏出如此美妙的乐调。这位洋溢着阳光与青春气息的青年，在年幼时经历过一道生死难关。他出生11个月就染上病毒性脑膜炎，虽从死神手里逃脱，但却留下了右侧偏瘫的终身残疾。他的母亲杨女士辞去工作，专门帮助儿子进行康复治理。漫漫时光里，黄卓鹏的音乐天赋显现出来，从此音乐给予他第二次生命，引领他飞向未来广阔的天地。为实现音乐梦，杨女士带着黄卓鹏求教于广西艺术学校的老师，让他接受了严格的训练。经过千辛万苦的磨炼，黄卓鹏一鸣惊人，在音乐天地里留下了他振奋人心的神采：2014年他参加了中央电视台节目《向幸福出发》；2015年参加山东电视台《我是大明星》引起轰动，参加浙江卫视第九季《中国梦想秀》，黄卓鹏的节目在网络上的点击率最高，获得高达800多万的点赞数；2016年参加中央电视台《回声嘹亮》，他获得冠军；2017年他又参加中央电视台《我要上春晚》

节目，得到郁钧剑老师的赏识，收他为徒，同时也得到了著名主持人董卿的赞赏，投给他关键一票，使他直接晋级《直通春晚》。

音乐旋律有着难以想象的魅力，优美、委婉，或悠扬，或高昂，都通过人们的听觉直抵内心，产生良好的感应。为了让就诊的病人能感到生活的愉悦，在音乐中舒缓紧张窘迫的心态，在音乐关怀下产生美好的向往，四医院在5号楼的一楼大厅巧设了音乐角，招聘黄卓鹏作为四医院的职工，不仅解决了黄卓鹏的就业问题，更重要的是给医院环境增加了人文关怀，让病人的紧张心情得到舒缓。四医院的这一创举，开辟了一条音乐与医疗和谐统一的新路径。

在艾滋病医院，他看到了光

生命有多条出路，只要认准一条就可以走出一片辽阔天地。当黑暗笼罩了命运，就把黑暗当作生活，同样能看到明亮的星光在闪烁。

——题记

除了小张，四医院“红丝带之家”还有一位叫小马的志愿者，他是专门在病房走动给住院的艾滋病病人做心理疏导工作的。

笔者约他到门诊的一间会议室见面。因为他眼睛看不见，只靠一些微弱的光影来辨别方向，笔者在会议室等了约20分钟，才见他在门诊护士黄郁媚的引领下走了进来。

他高高瘦瘦的，四十来岁，戴着口罩，穿着志愿者的工作服，胸口上挂着工作牌，工作牌的证件照里是一个皮肤白净、五官精致的年轻男子。

他坐下来，脱下口罩，笔者这才看清他的脸。似乎是经过了岁月的侵蚀，他比证件照里多了几分沧桑感，可以说完全无法从他身上找出照片上的那个英俊男子的影子。笔者问：“这张工作照是你的照片吗？”他说：“是的，是我大学毕业刚参加工作的时候照的，那时还年轻。”

说起年轻的时候，他的脸微微扬起，眼神透着光，似乎又回到了以前的时光。他说，他那时在深圳一家知名的国企做工程师，又做主管，工资很高，晚上还到酒店推销红酒，收入颇丰，经常出入一些高档场所，灯红酒绿，生活很精彩。由于受环境的影响，个人生活比较出格一些，经不住诱惑……

“后来——”他低下头，脸色暗淡了下来，“没想到自己会得这个病。在上厕所的时候也看到很多‘防艾’的宣传广告，但那时总是想，我不会那么倒霉吧。”他沉默了一会儿又继续说，“其实，很多人也会有和我一样的想法，总觉得艾滋病离我们很远，所以‘中招’了也不知道。”

他发病的时候是在2009年，那一年，他27岁。由于年轻，身体好，也从没往这方面去想。一开始只是经常发烧感冒，他以为是小病也不太重视，没想到一次比一次严重，后来昏迷被送去医院，在医院躺了8天才醒过来。醒来时，他妹妹告诉他患了这个病，他还以为是在做梦呢。他发病时是在深圳住的院，一下子从150斤瘦到76斤。他在广西医科大学工作的四叔知道后说，直接转来南宁市四医院吧，死马当作活马医。家里父母一听说他患这个病就给他准备好棺材了。来了四医院，是四医院救了他一条命。他醒过来后，觉得病房很静很静，好像全世界就只他一个人似的。早上的时候护士长会带护士来查房——当时也分不清谁是护士长谁是护士，但每天醒来总有一个朴实的声音对他说：“小马，今天状态好点了哦！吃早餐了吗？”一边说一边还拍拍他的肩膀。那个时候，他最亲的亲人都离他远远的，而她们居然愿意这样近距离地接触他，帮他拉拉没盖好的被子。这些轻微的动作和温暖的话语触发了他的感动，把他已飘向死亡边缘的思绪全部给拉回来——那个声音就是杜丽群护士长的声音。

之前他心如死灰，成天想的是怎么去死，因为他那时觉得这个病太可怕了。看到身边很多病人死去，他的心都麻木了，想着自己迟早也会死的。

当时他刚结婚一年多，爱人有身孕了。在爱人怀孕期间，夫妻生活不方便，他就在外面找了一两次“小姐”。错在他身上，反正他也不知道还能活多久，趁还清醒的时候，先签好离婚协议书给了她。

爱人离开了，家里人也把他丢在了医院，他父亲当时扔下了一句话：“你大学毕业的时候在镇里是一块金子，现在你得了这个病，就是一堆狗屎。”这句话如一把刀一样刺在他的心上，他一辈子也不会忘记。后来他的病情在整个镇传开后，他更回不了家了。所以，当时的他除了想死还是想死，常常看着床头上的插座发呆，就想着能不能触电而亡。

他痛悔自己为一时寻欢陷进这无可救赎的境地。到如今他才明白，人世间有千万种药，但没有让人生从头开始的后悔药。在生与死之间，他失去了青春时代那炫目的光环，灵魂被沉重的黑暗吞噬。他在黑暗中走到人生的尽头，希望用死摆脱生的困惑。

这时，一个人为他开启了生命之门。他从她的言语与动作中感受到生的喜悦与希望。杜丽群就是他的生命中白衣天使的化身。他从她身上汲取了仁爱的清泉，又用它去滋润那些冷漠孤独的心灵，从而在涅槃重生中实现人生的价值。

他所在的病房住了三个病友，其中一个病友很忧郁很内向，总不吃东西。那位内向的病友见他那么开朗，问他：“你都得这个病了，为什么还能这么开朗?”他说：“兄弟，既然已经得这个病了，过完今天再说。来，先吃颗葡萄，这葡萄太美味了。”“我们都快死了，你还有心思吃葡萄。”病友说。他说：“外面很多人得其他病也会死的，我们还能躺在这里，今天还没死，为何不过好当下？”病友听他这么一说，果然就接过葡萄吃了，慢慢地话也多了起来。他们几个甚至还在病房玩起了“斗地主”。

看到自己竟然能帮到别人，他一下子有了成就感。他想，自己的身体已经恢复一半，闲着也是闲着，杜护士长平时教他的那些他深有感触，也感同身受，他就想也以此去提醒帮助其他病友。以前辉煌的时候身边有很多朋友，得了这个病后，所有的朋友包括家人都离他而去，如果能在这方面帮助更多的病友，那就相当于在新的领域实现了自己的人生价值。于是，他在住院期间常去开导、安慰想不开的病友。

从2009年11月住院到2010年4月出院，他在医院住了五个多月，出院时把所有积蓄花光了，还欠医院一万多块钱。医院免了他的住院费；他没有钱吃饭，杜护士长她们又给他捐款，帮他付伙食费。还有他的主治医生农影星和所在科的科主任吴念宁，他们的医德很好，为病人治病的同时，每天查房都会安慰病人说：“你放心，这个病虽然死亡率是有的，但是很低，只要你有信心，就能战胜它……”这些话语总如春风一样让病人们感受到温暖并增强信心。

出院后不到半年，他接到杜护士长的电话，请他到医院当志愿者，他很乐意地答应了。

对于志愿者这个工作，他已经摸出了门道。他每天早上到了病房，如果看到哪个病人不对劲，就开始关注，再慢慢地走近。很多时候病人都不理他，赶他走，甚至还会拿东西砸他。如果碰到这样的情况，他先退开，过一会儿再来，和病人主动热情地打招呼：“早上好，我是这里的志愿者，有什么需要我帮忙的吗？”就这样一遍一遍地刷着自己的存在感。渐渐地，很多人就向他提些意见、反映问题了。对于病人们提出的问题，他总是态度很好，有求必应，慢慢地取得了大家的信任。

很多时候，他和病人打招呼并不会得到任何回应，病人的两只眼睛像死鱼一样盯着墙，谁也不理。因为他以前也有过同样的经历，所以他能理解他们，总是不厌其烦地一次又一次地主动去问候、关心、帮助他们。艾滋病病人最喜欢讨论病情，很多病人都喜欢找他讨论这个病会出现的各种症状。他也与他们讨论，其实他都是以同病相怜的方式来与他们谈。一个房间有三个病人，他开始时只和一个病人谈，为的是调动整个气氛，要让其他人主动来参与聊天。这样即使他离开了病房，他们也能自己聊，这样病人心情好了，病也就好了一半。

在做志愿者工作后，他逐渐认识到人间之爱蔓延在每一个角落，在最令人窒息的环境里，更加需要用贴近内心的爱去激活丧失意志与信心的灵魂，这种爱也就显得更为珍贵。他就是在这种爱的激励下找回曾失去的信念，感到生活的美好依然紧紧伴随着他。而这种爱已超越了自我的局限，形成了人与人之间互相激励的内在联系和互相依存的动力。

小马在病房做志愿者至今已有九年。在这九年里，四医院的医生护士给了他很大的关怀与帮助，他又去关怀、帮助他的病友。他亲眼见证了这里的医护人员敬业的精神：医院就是一个无硝烟的战场，医生护士就是这个战场的战士，在战场上，他们英勇无畏。艾滋病病人有痔疮、各种皮肤溃疡的，别的医院都不敢收，他们只能来四医院住院。小马说，那时邓建宁还不是主任，医院也还没开设艾滋病外科，但艾滋病病人的手术都是邓建宁做的。后来病人越来越多，医院开设了艾滋病外科，邓建宁成了艾滋病外科主任。那时邓主任年轻，能力强，完全可以去更好的医院，但他却留在四医院。他人长得很阳光，很开朗，很有正能量，跟人说话时语气总是很温和。这里的医护人员非常好，杜丽群和邓建宁是他们的典型代表。

在四医院，他感受到了光：杜丽群是光，邓建宁是光，谢彩英是光……每一个医务人员身上都有光。他不能失去光。他要坚持在这里做志愿者，一直做下去。

其实做这份工作需要非常强的抗压能力，虽然他也遭受过很大打击，但是他从没和别人说过，自己消化就好。有时帮到一个病人，他就很有成就感；有时得不到理解，他会难过那么一两天，又恢复过来了。他常常想，杜丽群护士长都坚持了这么久，他自己有感同身受的经历，为何不能坚持下来呢？做这份工作有意义，所以他坚持得下来，雷打不动。遇到委屈的时候，调整好心态第二天照常上班。

一晃九年过去，以前的所有朋友变成了过去式，他现在重新交的都是患艾滋病的朋友。现在家里接纳他了，但是他已经习惯在南宁的生活，也不想回去。他家乡那些以前避他唯恐不及的人也来问他："现在科学真的那么发达？人家不是说得这个病三四个月就死了吗？你现在都活了十几年了。"他说："现在有药吃，按时吃药就行。你看我来去自如，现在我跟正常人的区别是我每天都得吃一次药。正常人能做的事我们也都能做。"

小马说，他现在眼睛看不见，只有微弱的光感。这种病要生理上重视它，心理上藐视它。艾滋病病人要有一个往前走的信念，不能往后看。他始终相信，哪一天科技进步了，不仅他的病能治好，他的眼睛也能治好——他抱着这个信念活着。

是的，虽然他眼睛看不到光，但他的内心已被强大的光照耀着、鼓舞着，他在光中看到生存的希望。信念的光芒战胜了死亡的威胁。

患病见真情

四医院综合楼7楼感染三科走道的雪白墙壁上，写着医院的核心价值观“仁心妙手、大爱无疆、厚德励志、关爱健康”和感染三科的科训“尚德、精术、协作、超越”，还有病人入院和出院的详细规范流程。“荣誉撷英”标题下则贴满了奖状。

2019年8月24日这天，护士工作站里，护士们忙碌着，呼叫铃声不断响起：“8床的液体已输完。”“我马上过去。”紧张而有序的工作节奏如一支长歌在7楼奏响。

医生办公室里，有医生在讨论病人的治疗方案。

病房内，主治医生们正在查房，他们亲切地探询病人今天的感觉，俯下身子查看病人的伤口，提醒病人要注意的事项，并不时地在本子里记着什么。美丽的护士穿梭在病房里，给病人挂药水或者理疗，她们的动作轻柔，脸上带着温暖的笑容。

一

此刻，9床的病人正躺在病床上。她是一位65岁的老人，身体消瘦，面色苍白，几根花白的短发稀疏地耷拉在头上。一个20多岁的美丽姑娘正细心地一口一口地给她喂水果。这场景，如果不是在医院，不是在病房，那该是多么温馨的一幕。而这是在病房，是在艾滋病外科的病房。是的，这位老人患了艾滋病，在患艾滋病的同时还患了食道癌。这两大重症无疑给这普通家庭以沉重的打击。

由于李兆伟医生提前跟她以及她的女儿打过招呼，病人与她家属愿意接受笔者的采访。从老人与她女儿的讲述中，笔者得知了她们的不容易。讲着讲着，老人就激动得红了眼圈，声音几度哽咽。

老人是上林人，2019年春节后不久，她因为吃东西难以下咽，去广西医科大学第一附属医院做了检查后发现得的是艾滋病和食道癌。广西医科大学第一附属医院的医生就叫她转到四医院。来到四医院后，医生们对她很好，很细心地询问她的情况，把动手术的风险都详细说给老人的儿女听，每天查房都问她哪里不舒服，让她很感动。她于2019年3月到四医院住院，手术后在ICU住了十几天才转回普通病房。她那个时候动都动不了，家人都很担心。好在有医护人员的精心治疗与照顾，她住了两个月，身体慢慢恢复了，5月出院回去了。这次住院是化疗，第三次化疗了，还需要再化疗三次。她女儿在旁边心疼地说，化疗前母亲的体重是110多斤，化疗后只有70多斤。

老人也不知道自己是怎么感染上这个病的，她一辈子在农村做农活，种田，没出过远门，当时检查结果出来时感到很意外，都不敢相信自己会得这种病。那时，这个消息对她一家人来说打击特别大，不知道怎么面对。老人得知自己得这个病后，就马上叫家人都去医院检查。结果老人的老伴也有这个病，好在儿女们都没有感染病毒，孙子一辈也都没事，老人的心这才放下。她的老伴检查后得知自己也有这种病，火气很大，总说肚子不舒服，说自己不行了，要来住院，现在就住在8楼艾滋病内科，检查后发现是胃窦炎，没多大问题。

自从老人住院后，小女儿就辞职全身心照顾母亲——没有人照顾不行，请人照顾不仅要花钱还不够细心，家属自己照顾有感情上的沟通。

现在女儿同时照顾两位老人，每天煮好饭菜送来医院给父母，很辛苦。“可苦了我的女儿了。”老人说这话的时候，眼圈又红了。在老人说话的过程中，她女儿一直握着母亲的手，并不时用手去轻轻抚摸老人的背，让她慢慢说。女儿说：“妈，只要你们好就好，我不累。”

老人有两个儿子一个女儿，检查出这个病后，她怕花钱，不想动手术，她的儿子、媳妇、女儿都安慰她说：“钱的事您不用担心。您辛苦了一辈子，我们都没得好好孝敬您，您动手术了，再活十几二十年都好。”老人的老伴有一点不舒服就喊：“我不行了！”儿子反复送他到医院检查，检查没问题再回去。几个孩子都很孝顺，这点让老人很欣慰。

老人来住院后才发现很多人都得这个病，但她现在不敢让亲戚来看望。老人说：“既然得病了，就好好治疗，医生护士常跟我们说，心情好病才能好得快些，所以我现在要好好治疗。”

李兆伟补充说：“艾滋病和癌症这两种病没有相关性，但这两个病对于所有病人来说都是一个很大的打击，单一种病都打击很大了。而得了艾滋病，免疫力就会低下，其他病毒就容易侵袭人体。”

老人说，她每天都在想，希望我们国家的科学家赶快研究出能治好这种病的药，让她能赶快好起来。老人朴实的话语和愿望让人感到心酸。

二

这是一个31岁的小伙子，就叫他小黄吧。用英俊帅气阳光来形容他一点都不为过。他穿着黑色T恤，戴着时尚的手表和一个住院手环，上面写着床号、名字。他是玉林人，8年前，在他23岁那年，他独自一人到天津一个机械厂上班。没过几个月，因黄疸高去天津红十字会医院住院治疗，在验血时检查出了艾滋病。他当时很害怕，脑袋一片空白，对这个病不了解，也不敢咨询。住院时他父亲来天津照顾他，知道他得了这个病，父亲也没有责怪他。黄疸治好了，身体还很虚弱，他就回到玉林老家休养。回玉林时他在当地的防疫站备过案，一年后他身体恢复了又到上海打工去了，一切似乎风平浪静。

不料，他到上海后手机号码有变，玉林当地防疫站联系不上他，就找到他所在村的村主任，和村主任说了这事。之后村里所有人都知道他得了这个病，所以他现在都不怎么敢回家。有时回家，就听到有的家长告诉小孩说："你不要和他玩，他是有艾滋病的。"他心里想：我又不是坏人，我只是得这个病而已，平时说话接触又不传染。后来他再接到防疫站的电话时，心里是很抗拒的：患者的隐私理应被保护。

此次，他因为胆结石胆囊炎发作，回到了玉林市人民医院住院。玉林市人民医院叫他转到红十字会医院，红十字会医院的医生又叫他转到南宁市第四人民医院。四医院的医生护士给了他热心帮助。

8年前他从天津住院回来后，除了血小板低一些，没有什么其他问题。当时他也上网查过这个病的相关资料——有口服药可吃，但是这个药要按时吃，按时休息。他所做的工作无法保证规律的作息时间，所以就没有吃药。但这次出院他开始拿药吃了，并且自己在上海开了一家奶茶店。

“你会考虑结婚吗？对未来有什么打算？”笔者问。

“不会，这个我从来不会去考虑。以前也没谈过恋爱，父亲没催过我结婚。开始时家里人除了父亲知道，没人知道我得这个病。母亲刚开始催了几年，我跟她说我不会结婚的，现在她也不催了，应该是听到村里人议论什么了。”小黄说，“我现在就是有点钱花，有钱看病就可以了，现在也过得挺开心的，想去哪里玩就去哪里玩。他们说的圈内的社交我也没有去关注，我有我作为普通人的朋友圈，我把我按正常人来看待。我比较乐观——刚知道得这个病时比较郁闷，过后就好了。不得也得了，得了之后养好了病该干吗干吗。我得病都快10年了，还是挺好的。”

在整个述说的过程中，他都是很淡然、从容、冷静的。

三

他56岁，是河池山区的农民，人憨厚老实，大家都用“老何”来称呼他。他上周二因膀胱结石到本地医院去看病，检查出艾滋病后，医生就让他来四医院住院，现在已做了手术，还挂着尿袋，明天就可以出院了。他家里比较困难，没什么经济收入，得了这个病也没觉得有什么，病了就病了。三年前，老何就知道自己得了这个病，但怎么感染上的不清楚。老何上有87岁的老父亲和80岁的老母亲，下有一个儿子。说到他儿子，他手一挥，叹着气说：“不说他了，儿子不成材。”妻子三年前与他离婚了，离婚原因没说，只说要和他离婚，他自尊心较强，既然她提出来了就答应吧。

笔者问：“那你父母就靠你一个人养吗？”

没想到他的回答出乎笔者的意料，他说：“我养他们？是他们养我！我病了，三年做不了工了。我父亲是老革命，政府每个月有一千多块钱的补助，一家人就靠着这一千多块钱过日子。所以我病痛了也不敢说，没钱看病啊，三年多一直都在忍着，直到这次痛得实在受不了了，才对老父亲说。父亲马上让我来医院动手术。老父亲说：‘你的病我们会想办法借钱来治，治好了你想办法做事情养活自己，不然我们死了你怎么办？’”

“父亲身体也不好，前几天老母亲说要来照顾我——从家里来到这里坐车五个小时，回去又五个小时，我就和她说‘你来我就不治了’，她才不来。”老何说，“现在只求治好这个膀胱结石，我就可以自立，可以出去做点工养家。因为儿子也要养他自己的家，出去打工两年了，还没有回来呢。”

笔者所采访的三个病人，各有不同的体貌特征，其受到亲人和社会的对待也各不相同。或关爱，或冷漠，而他们都有热爱生命的情怀，对生活充满向往，表现出自强自立的精神。从他们身上，反映出艾滋病病人这个特殊群体的心声——需要得到社会广泛的关爱和尊重。

后记

艾滋病是人类病史上至今仍无法根治的疾病，它出现之后便在全世界蔓延，曾经引起人们极大的恐慌。为了抗击艾滋病，医学界穷尽智慧与精力进行研究，力图找到能够根治它的方法和途径。广西是艾滋病疫情多发地，而南宁市第四人民医院是一个诊治艾滋病患者的机构，为艾滋病患者敞开了医治的大门并取得了可喜的成果。在领导班子的带领下，南宁市第四人民医院全体医务人员充分表现出临危不惧、勇于担当、甘于奉献、积极探索的崇高职业精神和救死扶伤、一心为民的高风亮节，涌现出邓建宁、杜丽群这样的“白求恩式好医生”。该院多年来救治的艾滋病住院患者达2.8万人次，艾滋病门诊量达24万人次，受到各级人民政府、卫生部门和广大群众的高度赞扬，荣获了众多荣誉。

南宁市第四人民医院是艾滋病患者的生命港湾。四医院的医疗事实证明，艾滋病患者通过治疗同样可以和普通人一样幸福地生活在这个世界上，感受人间的爱与快乐。

促使我去采写这部书的动因不仅是这个医院的特殊性，还有这个特殊的医院里那些感动我的可敬的医护人员。

2012年12月1日，我曾到过四医院，那次是因为参加女作家谭小萍写的表现四医院优秀典型人物杜丽群的图书《绝地阳光》的新书发布会，那是我第一次到四医院。当时，现代化的艾滋病门诊住院综合大楼还在建设中，印象里四医院只有几幢比较陈旧的楼房。没想到时隔七年，在2019年4月的一天，我因去看望一个在普通外科住院的朋友，又一次来到了四医院。医院的变化让我耳目一新，这里不仅有崭新的现代化综合楼，有休闲咖啡吧、让病人憩息的花园式休息区，还有七彩音乐角，病人在等候就诊的时候可以有优美的钢琴曲听。进入医院大门，首先映入眼帘的是巨大石块上五个刚劲有力的书法字“为生命站岗”，同时还看到一块高耸的巨大宣传展板，里面有三个人物的特写照片及简介。

中间那位有着亲切笑容的就是《绝地阳光》中的主人公杜丽群，由于她的突出贡献，她获得了国家层面医护类的几乎所有奖项，还获得国际护理界最高奖——南丁格尔奖。

右边穿着迷彩服拿着一把稻子笑容灿烂的是杨修凯，她被称为“最美第一书记”——“白富美”甘做“乡村农妇”。她被《中国妇女报》评为“2017十大女性人物”，被全国妇联和中央电视台共同选为“2018年度时代女性榜样”。她原是南宁市第四人民医院人事科科长，后派到南宁市邕宁区百济镇新平村任第一书记，现为南宁市纪委监委驻市卫生健康委纪检组组长。

左边是一个穿着白大褂的帅气俊朗的医生，他叫邓建宁。看了他的简介，我才知道他是艾滋病外科医生，是2018年第二届全国“白求恩式好医生”荣誉称号的获得者——当年获得该项殊荣的全国仅有81人。要做到怎样的程度才能获得这个至高无上的荣誉？四医院到底有什么样的魅力，能涌现出这么多先进典型人物？我突然萌发了想去了解四医院的想法，想去了解这些医生、护士不为人知的背后的故事。

感谢四医院为我提供了丰富的创作资源。从2019年5月到8月这段时间，我深入艾滋病病区，采访了众多医务人员和来自各地的艾滋病患者。医务人员中，无论是医生还是护士，很多都经历过职业暴露，被尖锐的刀、针刺伤或被艾滋病病人的血液溅到眼睛，他们要经历极其难受的阻断艾滋病病毒入侵身体的服药疗程，身心受过伤害。他们为了救治病人而忘我工作，只能把对家庭的爱深藏在心中。他们所遇到的风险与困难比我们想象的要多得多。他们把全部精力与智慧奉献给医疗事业，让我深受感动。而艾滋病患者，各有各的遭遇、困惑和希望，都感激医务人员对他们的关爱，带给他们新生。

在采风写作过程中，我曾有过紧张和怯惧，然而随着采访的深入，这种心情自然消失了。熟悉了那些原来陌生而又充满险情的事物与场景，最后能够满怀感激，用真心真情去记录和抒发采访所得的一切。

我的意愿，是想通过这样的创作，唤起人们对艾滋病患者的关注、对治疗艾滋病患者的医护人员的尊重，提高大众了解这一疾病的预防治疗方法的意识。作品当然还会存在不足之处，敬请读者指正。

在此书截稿之际，四医院又传来了两个大喜讯：四医院荣获了2019年全国“人文爱心医院”荣誉称号，吴锋耀院长荣获2019年第三届全国“白求恩式好医生”荣誉称号，而这奖项的确是实至名归的。

感谢在采访过程中给予我帮助和支持的南宁市第四人民医院的医务人员和接受采访的艾滋病患者，以及默默帮助我的人们！你们的关爱，是激励我前行的动力！

在这里，我也想特别感谢第四人民医院中医科的全体医护人员。2019年9月8日，我因腰椎疼痛住进了四医院的中医科。在住院的那几天，得到了中医科的马钰婷主任、罗敏玲护士长、伍秋云医生、潘攀医生和黄柳英护士等医护人员的精心照顾，让我深受感动。经过一周理疗，采用了中医的推拿、针灸与雷火灸等方法，困扰我多年的颈椎病和腰椎病都有了很大的好转。在四医院，不仅是在感染病区，在普通病区也一样洋溢着浓浓的爱的气息。

在此一并感谢！

李明媚

2020年1月1日